I0618767

Olaf Maly

Das mazedonische Messer

Eine Kommissar Wengler Geschichte

Zu diesem Buch:

Es ist Freitagabend im herbstlichen München. Ein Taxifahrer wird tot in einer Einfahrt gefunden und Kommissar Wengler muss sein Wochenwende verschieben, um diesen Mord aufzuklären. Es gibt mehrere Personen im Umfeld des Toten, die ein Motiv haben könnten. Aber wie es oft der Fall ist, wird alles immer komplizierter, je näher man sich der Lösung wähnt. Der Sohn des Toten scheint keine große Hilfe zu sein, im Gegenteil. Auch die neue Bekanntschaft des Opfers bringt nur noch mehr Unklarheiten. Man erzählt dem Kommissar Halbwahrheiten, aus denen er sich die richtigen und wichtigen Sequenzen selbst heraussuchen muss. Der einzig belegbare Beweis ist die Tatwaffe, ein mazedonisches Messer. Auch dieses mal muss er wieder in ein Umfeld eintauchen, das ihm bisher fremd war, um diesen Fall zum Abschluss zu bringen.

© 2015 Olaf Maly

Umschlag, Illustration:	Vivian Tan Ai Hua
	http://facebook.com/aihua.art
Bildrechte Umschlag:	Hintergrund Oktoberfest
	© pico - Fotolia.com, 59883196
	(Siegestor München) - Fotolia.com
	© sonjanovak, 68604363
Lektorat, Korrektorat:	Theresia Riesenhuber,
	Wortgewalt München
Bildrechte, Portrait:	James Forbush
	New York, NY; Sarasota, FL
	Jamesforbush.com
Verlag:	createspace.com

Das mazedonische Messer, 3. Auflage 2015

ISBN
Paperback   978-0-6922-2219-5
e-Book   978-3-7309-4054-9

Printed in Germany

Das mazedonische Messer

Ein Kommissar Wengler Roman

von

Olaf Maly

Niemand weiß, woher das Böse kommt,
und wann es wieder geht.

Kapitel 1

„Wagen 5412, bitte melden!", rief Marianne Schnieder aus der Taxi-Zentrale über das Funknetz. Ihre Stimme klang ein bisschen aufgeregt, da sie schon seit mehreren Minuten versuchte, Thomas Marker in seinem Wagen zu erreichen.

„Wagen 5412, wo sind Sie denn? Wir wollen mit Ihnen reden, melden Sie sich doch mal. Thomas, bitte melden!"

Marianne hatte ein schlechtes Gefühl, ein sehr schlechtes Gefühl. Sie machte diese Arbeit nun schon seit über zwanzig Jahren und wusste immer, wenn etwas nicht in Ordnung war. Sie war zu lange dabei, als sich Illusionen zu machen. Irgendetwas stimmte nicht, das war so sicher wie das Amen in der Kirche.

Es herrschte Totenstille auf der anderen Seite. Keiner nahm das Mikrofon, keiner drückte den Knopf, um Verbindung mit der Zentrale aufzunehmen, keiner schien Interesse an ihrem Ruf über den Äther zu haben. Niemand wollte mit Marianne sprechen und sie von ihren Angstvorstellungen erlösen, ihr endlich wieder die Ruhe zurückgeben, die sie bis vor Kurzem noch gehabt hatte.

Marianne Schnieder war Ende fünfzig. Jeder kannte sie, der irgendwann mal Taxi gefahren war. Ihre Stimme – zwischen Reibeisen und honigsüß, je nach Laune und mit wem sie sich unterhielt – war am Radio nicht zu verkennen. Sollte man aus irgendeinem Grund nicht gleich geantwortet haben, bekam man das sofort und unmissverständlich zu hören.

Wagen 5412 hatte vor mehr als zwanzig Minuten den stillen Knopf gedrückt, wie man ihn nannte, den Knopf, den niemand sah, außer man wusste, wo er war und was er zu bedeuten hatte. Den Geheimknopf, der davor schützen sollte, in unnötige Gefahr zu kommen. Wann immer ein Fahrer dachte, Wann immer ein Fahrer dachte, dass etwas Ungewöhnliches vor sich ging – was immer das auch sein sollte - drückte man den Knopf, um die Zentrale darauf aufmerksam zu machen, dass hier, in diesem Wagen, etwas los war. Die Zentrale wusste dann, dass man aufmerksam sein und hören sollte, was der Fahrer sagte, jedoch nichts sagen sollte, was die Situation verschärfen konnte. Der Sprechfunk war in diesem Moment permanent in Richtung Zentrale eingeschaltet, damit diese immer mithören konnte, was im Wagen gesprochen wurde.

Thomas Marker hatte den Knopf gedrückt, als er einen Passagier im Tal in München aufgenommen hatte, der ihm etwas suspekt vorkam. An der Ecke zum Viktualienmarkt, direkt an der Heiliggeistkirche. Nicht, dass der potenzielle Mitfahrer irgendwie schlecht aussah oder nicht gut gekleidet gewesen wäre. Nein, ganz und gar nicht. Thomas Marker hatte eben nur ein ungutes Gefühl. Er war auch nicht betrunken, jedenfalls nicht sichtbar betrunken, denn Marker nahm grundsätzlich keine Betrunkenen mit, auch wenn das Geschäft noch so schlecht gewesen sein sollte. Es kostete einfach zu viel an Zeit und Ärger. Und der Wagen stank für Tage, besonders im Sommer, wenn es heiß und schwül war. Es war zwar kein Sommer, sondern fast schon harter Winter, aber das war eine zu vernachlässigende Kleinigkeit. Erbrochenes im Wagen war nicht die beste Reklame und nichts, womit man gerne umgehen mochte.

Erst hatte Marker sich überlegt, ob er den Gast überhaupt aufnehmen sollte. Aber da das Geschäft den ganzen Tag über nichts als schlecht bis sehr schlecht gewesen war, warf er seine Bedenken ganz einfach mal über den Haufen.

Der Knopf also machte es für die Zentrale unter anderem auch möglich, den Wagen zu verfolgen und wenn nötig zu orten, damit die Polizei wusste, wo er war, sollte etwas passieren und es nötig werden einzugreifen.

Thomas Marker hatte den Knopf vor mehr als zwanzig Minuten gedrückt. Eine lange Zeit. Seitdem hatte man nichts mehr von ihm gehört. Keinen Ton.

„Zentrale an alle. Schalten Sie auf Kanal 4", sagte nun in einigermaßen ruhigem Ton, so gut es eben ging, Marianne an alle Wagen über Kanal 2.

Kanal 4 war der Kanal, den nur die Taxifahrer benutzen konnten und auf dem man Meldungen durchgab, die für niemand anderen bestimmt waren, als eben die Gemeinschaft der Taxifahrer. Auch die Polizei konnte auf diesem Kanal mithören und wenn nötig eingreifen. Die anderen Kanäle waren für jedermann frei zugänglich und manche Leute, die nichts Besseres zu tun hatten, hörten sich den ganzen Tag über den Sprechfunk an.

„Wir haben einen vermissten Fahrer. Die Ortung sagt, dass der Wagen Ecke Einsteinstraße und Schlossstraße steht. Fahr doch mal einer dort hin und sag mir, was da los ist", sagte Marianne mit einem leisen Vibrieren in ihrer Stimme, das nichts Gutes erahnen ließ.

Innerhalb weniger Minuten war die Einsteinstraße an der Ecke Schlossstraße ein regelrechter Parkplatz für Taxis in München und es kamen immer mehr. Ein Meer aus gelben Autos mit gelben Leuchtzeichen auf dem Dach und Reklameaufklebern auf Türen und Seitenteilen, die alles versprachen – von billigen Versicherungen über delikate Pizzas bis zu netten Stunden in aufregenden Etablissements.

„Wagen 2207 an Zentrale."

„2207 kommen."

„2207, ich bin hier an der Ecke Einsteinstraße und Schlossstraße und sehe den Wagen 5412. Der Wagen steht auf dem Bürgersteig, die Türen sind zu, aber nicht verschlossen, und der Fahrer ist nicht im Wagen. Ich gehe jetzt einfach mal dort hin und schaue nach, was los ist."

Noch zahlreiche andere Wagen meldeten sich mit derselben Aussage und gingen dann los, um nachzusehen. Es war ein kalter Nachmittag, einer der Nachmittage in München, an denen man lieber zu Hause bleibt, sich einen heißen Grog macht und langsam vor dem Fernseher einschläft.

Die Welt um die Einsteinstraße dampfte von all den Wagen, die sich mit laufendem Motor abgestellt hatten. Auch die Menschen schienen zu dampfen und es sah aus, als würde leichter Nebel aufsteigen und dem Geschehen den besonderen Reiz des Unheimlichen geben. Bis auf die Geräusche der Motoren war alles ruhig, keiner sagte etwas, keiner wagte, sich laut zu bewegen. Ab und zu hörte man in der Ferne eine Straßenbahn um die Ecke fahren, einen Notarztwagen mit Sirene durch die Straßen rasen oder auch die Kirchturmuhr der Heiliggeistkirche schlagen. Ansonsten war es ruhig.

Horst Eitel war der Erste, der am Wagen 5412 war, die Fahrertür öffnete, das Mikrofon in die Hand nahm, auf Kanal 4 schaltete und mit Marianne Kontakt aufnahm.

„Eitel hier. Alles in Ordnung, nichts Außergewöhnliches. Jetzt schauen wir mal, was hier in der Gegend los ist. Vielleicht finden wir ihn ja. Ich kenne den Fahrer, hab ihn schon oft gesehen und mich mit ihm unterhalten. Also, sobald ich was weiß, melde ich mich wieder."

Dann war wieder Ruhe. Inzwischen war auch ein Wagen der Polizei eingetroffen, was Routine war, wenn auf Kanal 4 gesprochen wurde.

„Dahinten! Dahinten! Jetzt kommt's doch a mal, wir haben ihn gefunden!", kam es aufgeregt in tiefem Bayerisch aus der Einfahrt in Nummer 7 Schlossstraße.

„Ruf doch einmal jemand den Notarzt und beeilt's euch!"

Alle liefen in Richtung Schlossstraße Nummer 7. Die Nummer 7 konnte man nicht verfehlen, da sich dort in Kürze eine größere Menschenmenge angesammelt hatte und damit deutlich zeigte, wo sie war.

„Gehen Sie aus dem Weg, bitte! Polizei, bitte den Weg frei machen. Ja, jetzt haut's doch einmal ab hier und lasst's uns unsere Arbeit machen!"

Polizeiwachtmeister Franz Dobler war der erste offizielle Polizeibeamte, der den Tatort erreichte und versuchte, all die Menschen, die um Thomas Marker herumstanden, auseinanderzutreiben und sich Platz zu verschaffen.

„Jetzt geht's doch mal auf die Seiten und lasst's uns unsere Arbeit machen", sagte er immer wieder, in der vergeblichen Hoffnung, dass ihm die Leute zuhören und auch folgen würden.

Polizeiwachtmeister Dobler war inzwischen bei der Person, die am Boden lag, angekommen. Umständlich brachte er es fertig, in die Knie zu gehen, um zu versuchen, einen Pulsschlag an Thomas Marker zu lokalisieren, ein Lebenszeichen, das ihn aus seiner misslichen Lage befreien würde, einen Toten angefasst zu haben. Polizeiwachtmeister Dobler hatte absolut kein Verlangen danach, Tote anzufassen, weder Mensch noch Tier.

Thomas Marker war ein schlanker, mittelgroßer Mann in den frühen Sechzigern, mit schwarzen Haaren und einem schwarzen Bart. Die Haare und der Bart waren gefärbt, da er viel auf sich hielt und dachte, dass ein gepflegtes Aussehen das Leben für ihn etwas einfacher machte. Die letzte Reise hat es ihm nicht gedankt, dafür war es egal, wie er aussah. Denn Thomas Marker war tot. Daran bestand kein Zweifel. Jetzt lag er halb auf der Seite zwischen zwei Mülltonnen, als hätte man versucht, ihn dort zu verstecken, als Sperrmüll dort im Hof zu deponieren. Ein

Messer ragte aus der Herzgegend hervor, vom Griff her zu schließen, ein großes Messer. Der Griff war auch das Einzige, was man ausmachen konnte. Ein silberfarbener Griff mit orientalischen Ornamenten aus Emaille, aufgesetzt auf ein breites Messerblatt. Blau, golden, rot und grün waren die Ornamente, und wenn man dieses Messer nicht in einem Körper gefunden hätte, der damit der damit sein Leben ließ, hätte man es als schöne Arbeit bezeichnen können. In diesem Fall jedoch schien es die Mordwaffe gewesen zu sein, was der Schönheit etwas ihren Reiz nahm.

Blut war aus der Wunde gelaufen, nicht viel, aber eine kleine Lache hatte sich um das Messer herum und auf dem Asphalt gebildet und war dort eingefroren. Die Kälte hatte es gefrieren lassen und ihm einen seltsamen Glanz und eine ungewöhnliche, rotbraune Farbe gegeben. Ein wenig Wasser von der unablässigen Feuchtigkeit befand sich als dünne Eisschicht auf dem Fleck, der nicht größer war als ein Eurostück. Wäre es nicht Blut gewesen, was man dort auf dem Boden sah, hätte man den in Frostfarben schimmernden Fleck fast als schön empfinden können.

„Keiner fasst hier irgendetwas an. Keiner, habt's mich verstanden? Wir warten jetzt, bis die von der Kripo da sind. Bis dahin nichts anfassen. Wer was weiß, bleibt hier, alle anderen können jetzt gehen."

Wer was weiß, bleibt hier… Als würde der, der etwas weiß, freiwillig warten, bis man ihn auseinandernimmt. Es gab sehr wohl einen guten Grund, warum Polizeiwachtmeister Dobler seit achtundzwanzig Jahren Streife fuhr und nicht in den Innendienst befördert wurde.

„Tote sehen aus wie Lebende, nur dass sie nicht mehr atmen und langsam verfallen", sagte Hans Mittler, der Kollege von Polizeiwachtmeister Dobler, der inzwischen auch eingetroffen war und seinem Kollegen half, die Menschenmenge unter Kontrolle zu halten.

Die Kälte tat das ihrige an Unterstützung, da nach ein paar Minuten, sobald sich die erste Neugierde gelegt hatte, sich die Menschen einen gemütlicheren Platz aussuchen gingen. Auch die meisten Taxifahrer waren mittlerweile wieder gegangen, konnten sie doch nichts mehr für ihren Kollegen tun.

Sie würden ihn finden, dachte jeder für sich. Sie würden alles tun, um diesen Typ zu finden, und ihm dann zeigen, dass man das nicht mit Taxifahrern machen kann.

Es gab diese Geschichte, die schon einige Zeit zurücklag, aber immer noch manchmal auf den Stellplätzen erzählt wurde, wenn man an einem Sonntagnachmittag bei herrlichem Sonnenschein und angenehmen Temperaturen vergeblich auf Kundschaft wartete. Eine dieser Geschichten, von denen man nicht weiß, wie wahr sie sind und wer sie angefangen hat zu erzählen, aber eben Geschichten, die ihre Runde machen. Sie sollen den Neuen zeigen, dass es einen Ehrenkodex gibt unter den Taxifahrern, den man mit einhalten musste, wollte man wirklich dazu gehören.

Es gab viele Versionen dieser Geschichte, aber im Prinzip ging es darum, dass ein junger Mann versucht hatte, ein Taxi in seine Gewalt zu bekommen, und der Fahrer den roten Knopf drückte. Danach fing eine

Verfolgungsjagd an, die dieses Taxi und etwa vierzig andere durch die halbe Stadt jagte. Am Ende der Schlange war dann auch noch die Polizei, die versuchte, unter allen Umständen mitzuhalten. Auf einem Parkplatz in der Nähe des Olympiageländes kam dann alles plötzlich zum Stehen, das infrage kommende Taxi wurde wie bei einer Wagenburg umzingelt und vierzig Taxifahrer sprangen fast gleichzeitig aus ihren Autos. Der Täter hatte eingesehen, dass er hier die schlechteren Karten in der Hand hatte, sprang aus dem Auto und versuchte, in Richtung Stadtautobahn davon zu laufen. Er wurde nach ein paar Metern eingeholt und bis es nach wenigen Minuten auch die Polizei schaffte, sich zur Menge der Taxifahrer, die sich um den jungen Mann scharten, durchzuarbeiten, war alles vorbei. Selbstverständlich hatten die Taxifahrer an der Außenseite des Ringes den Einsatz der Polizei so gut und lange wie irgend möglich verhindert. Das Rufen, Schreien, Fluchen und Drohen der Wachtmeister hatte keine Früchte getragen, man hatte erfolgreich die Zeit gewonnen, die man brauchte. Der vermeintliche Räuber, der es eigentlich nur auf die Einnahmen abgesehen hatte, lag mehrere Wochen im Krankenhaus und war dann noch für Jahre außer Gefecht gesetzt. Eine Verurteilung der Taxifahrer gab es nicht, da jeder abstritt, dabei gewesen zu sein. Man hatte auch nicht versucht, ihnen mit allen möglichen Mitteln das Gegenteil zu beweisen. Der Fall wurde sehr schnell zu den Akten gelegt, jedoch für Tage groß in den lokalen Blättern ausgeschlachtet. Was auch dem Effekt der Abschreckung dienen sollte.

Mit Taxifahrern ist nicht zu spaßen, wenn es um

deren Leben geht.

Mittlerweile gelang es Polizeiwachtmeister Dobler, die Kollegen im Polizeipräsidium in der Ettstraße zu informieren. Eine Mannschaft der Kripo würde in Kürze vor Ort sein und die Ermittlungen aufnehmen. Bis dahin, sagte man ihm, soll er darauf achten, dass niemand etwas anfasst. »Als ob er diesen Rat gebraucht hätte«, dachte er sich.

„Die von der Zentrale denken wirklich, dass wir alle nichts im Hirn haben und die die Weisheit gefressen haben", sagte Polizeiwachtmeister Dobler zu seinem Kollegen, der ihm mit einem kurzen Kopfnicken recht geben musste.

Kapitel 2

Kommissar Wengler war gerade dabei, seinen Mantel anzuziehen, seinen Schal umzubinden, sich die Gummigamaschen überzustreifen und das Büro zu verlassen. Er hasste die Kälte, die Nässe und den Wind in diesen Monaten, in denen es noch nicht so richtig Winter war, der so goldene Herbst jedoch schon lange ‚Auf Wiedersehen' gesagt hatte. Die Biergärten waren geschlossen – eine der wichtigsten Institutionen in seinem Leben – und das machte ihn besonders grantig und missmutig. Es war für ihn immer traurig, mit anzusehen, wie die Bänke aufeinander gestellt und verkettet darauf warteten, wieder ihrer wirklichen Bestimmung zugeführt zu werden: eben den müden Münchnern einen Platz der Geborgenheit und Ruhe zu geben, an dem sie ihr Bier trinken und ihre Brotzeit essen konnten.

„Warum sind Sie denn so sauer, Herr Kommissar?", fragte Armin Staller, dem die Missstimmung seines Chefs nicht entgangen war. Er saß noch am Computer und hatte Berichte zu Ende zu schreiben. Diese endlosen Berichte, die niemand las und die, sobald man sie fertig hatte, in irgendeinem Archiv verstauben würden. Bösartige Zungen behaupteten, dass, wenn man in ein paar hundert Jahren dort graben und fündig werden würde, man zu dem Schluss käme, dort eine Papierfabrik ausgegraben zu haben.

„Seien Sie doch froh, dass es Wochenende ist und Sie endlich einmal ein wenig ausspannen können! Ich werde auch nicht mehr lange hier sein, nur noch die

Sache mit der U-Bahn-Schlägerei und dann bin ich auch hier raus."

„Ich hasse dieses Wetter, Armin."

„Herr Kommissar, Sie hassen, glaube ich, jedes Wetter. Im Sommer haben Sie immer gesagt, es wird Zeit, dass es mal ein bisschen kälter wird. Und jetzt ist es ein wenig kälter und es passt Ihnen auch nicht."

„Armin, es ist das Recht der älteren Generation, empfindlich auf das Wetter zu reagieren. Werde erst einmal so alt wie ich, dann gibt es auch für dich keine optimale Temperatur mehr. Außer in der Sauna, aber das ist ganz was anderes. Außerdem gehe ich jetzt, bevor ich noch schmelze, ich bin nämlich für draußen angezogen und nicht für ein überhitztes Büro."

Das Telefon klingelte. Armin Staller nahm den Hörer ab, hörte zu, was die Person am anderen Ende der Leitung zu sagen hatte, und sagte:

„Einen kleinen Moment, Herr Kommissar, ich glaube, das wird Sie auch interessieren. Warten Sie doch noch ein paar Minuten."

Der Kommissar stand in der Tür, ein Anblick, den man sich gönnen sollte und den Armin Staller sogar etwas genoss. Voll angezogen für die nasse Kälte des Münchner Spätherbstes, mit rotem Kopf und nahe daran zu explodieren.

Eine Pause entstand, in der Armin Staller zuhörte, nickte und sich Notizen machte. Dann legte er den Hörer auf und wandte sich an Herbert Wengler.

„Wir haben einen Fall, Herr Kommissar. Ein Taxifahrer ist ermordet worden und ich glaube, Sie müssen Ihr Wochenende verschieben."

Kommissar Wengler machte ein Gesicht, als wäre die Welt um ihn herum in Trümmer zerbrochen und er der einzige, der es bemerkt hatte. Ein tiefer Seufzer untermauerte noch den Eindruck.

„Wochenenden lassen sich nicht verschieben, Armin, das weißt du auch. Was verschoben werden muss, ist mein Leben, Armin, verschoben und auf Eis gelegt, bis wir den haben, der mir mein Leben wieder aufregender macht als es sein muss."

„Gehen wir, Herr Kommissar, gehen wir."

Das war eine gute Idee, dachte sich der Herr Kommissar, eine wirklich gute Idee, vielleicht sogar die beste, die Armin heute hatte. Kommissar Wengler sagte nichts, sah Armin Stadler jedoch in diesem Sinne unmissverständlich an.

Damit schloss Armin Staller seinen Computer, nahm seinen Parka vom Stuhl und begab sich mit dem Kommissar, der sich noch schnell ein neues Notizbuch eingesteckt hatte, in Richtung Tatort.

Nach einer kurzen Fahrt traf man am Tatort in der Schlossstraße Nummer 7 ein. Die Spurensicherung war schon eingetroffen und hatte ein kleines, weißes Zelt aufgebaut, unter dem man ungestört arbeiten konnte. Außerdem wollte man die Spuren soweit es ging im Originalzustand sichern und nicht mit zu viel Wasser vermischen.

„Herr Kommissar, der Tote ist ungefähr Mitte fünfzig bis Anfang sechzig, männlich und liegt hier seit etwa zwei Stunden", sagte der leitende Beamte der Spurensicherung, als sich der Kommissar neben ihm aufgebaut hatte.

„Erzählen Sie mir doch einmal etwas, was ich noch nicht weiß, Herr Brunner. Das sehe ich doch alles selbst. Wie ist er denn gestorben?"

Das passte Herrn Brunner nun doch nicht so ganz. Auch er hatte sich seinen Freitagabend anders vorgestellt und brauchte keine Motivation von den Kollegen in der Abteilung Mord und Totschlag. Er blickte den Herrn Kommissar streng an, verbiss sich jedoch seinen Kommentar.

„Stich ins Herz. Genau ins Herz. Schneller Tod und fast kein Blut, da das Herz auf einen Schlag aufgehört hat zu schlagen."

Dabei zeigte er mit seiner Hand auf seine eigene Brust, in der Nähe der Stelle, wo er sein Herz vermutete.

„Auf einen Schlag", sagte er noch einmal.

Der Kommissar sah ihn ein wenig erstaunt an.

„Sagt man so, Herr Kommissar. Was ich meine, ist, dass der Tod schnell eingetreten ist und jemand wusste, wie man das macht. Schnell und schmerzlos."

„Schmerzlos? Man kann schmerzlos sterben? Haben sich das die studierten Doktoren ausgedacht? Oder ist das Ihre Erfindung? Keiner stirbt schmerzlos, Brunner."

Herr Brunner reagierte nicht auf die Nadelstiche des Herrn Kommissar, da er wusste, dass diese nur aus dem Bedürfnis heraus entstanden, sich an irgendjemanden abzureagieren.

Der Kommissar nahm sein weißes Notizbuch aus der Innentasche seines Mantels, stellte sich unter das Zelt und fing an, sich Notizen zu machen, wie er es immer tat, wenn er einen neuen Fall hatte. Dann wandte er sich von Herrn Brunner ab und für ihn wichtigeren Dingen zu.

„Armin, sind die Taxifahrer noch hier oder wenigstens der, der ihn gefunden hat?"

„Ich werde fragen, Herr Kommissar."

„Tu das, Armin."

Mittlerweile hatte man den Toten herumgedreht, damit man sein Gesicht sehen und dementsprechende Bilder machen konnte. Das gab dem Kommissar die Gelegenheit, sich den Toten anzusehen und sich einen Eindruck von ihm zu verschaffen. Das war ihm immer wichtig, einen Eindruck von den Opfern zu bekommen. Manchmal dachte er, etwas im Ausdruck dieser Menschen lesen zu können, ihre letzten Sekunden in ihrem Gesicht zu sehen, die letzten Sekunden, die sie auf der Seite der Lebenden verbracht hatten. Bevor sie zwangsweise auf die andere Seite gehen mussten.

„Herr Dobler, kommen Sie doch mal her!"

Polizeiwachtmeister Dobler stand in geringer Entfernung und wartete, dass man ihn rufen würde. Er wusste, dass der Kommissar früher oder später Fragen hatte. Er kannte den Kommissar sehr gut, man hatte schon öfter zusammengearbeitet und, wie Herr Polizeiwachtmeister Dobler meinte, sogar ziemlich erfolgreich. Dass diese Meinung nicht von anderen geteilt wurde, war ihm weder bewusst noch hätte es ihn interessiert. Seine Interpretation des Geschehens war, was wichtig schien. Jedenfalls für ihn.

„Hat etwas im Taxi gefehlt, Herr Wachtmeister? Ich meine Wertsachen wie Geld oder so?"

„Nein, das Geld war da in so einem großen schwarzen Beutel neben dem Toten, mit seiner Brieftasche, seinem Führerschein und allem, was man halt so braucht. Ich glaube, dass nichts gestohlen wurde, aber sicher kann man nicht sein. Weiß man denn, was der so alles dabei hatte?"

Damit hatte der Polizeiwachtmeister allerdings recht: Was weiß man schon davon, was die Leute so mit sich herumtragen?

Wer sollte Interesse haben, einen Taxifahrer zu ermorden, nur so, ohne etwas zu stehlen?, ging es dem Kommissar durch den Kopf. Nun, war das nicht gerade der Grund, warum er hier stand und darüber sinnierte?

„Haben Sie das alles sichergestellt, auch was im Auto war?"

„Hat die Spurensicherung schon alles eingepackt, Herr Kommissar."

„Gut, danke! Das war's dann. Oder haben Sie noch was?"

„Nein. Können wir dann wieder auf Streife, Herr Kommissar?"

„Ja, warum nicht?"

Polizeiwachtmeister Dobler drehte sich um, winkte seinem Kollegen und schritt schnellen Tempos zum Auto. Jetzt würde es erst einmal einen heißen Kaffee geben und sonst gar nichts. Das hatte er sich verdient.

Armin Staller kam zurück und berichtete, dass schon alle den Platz des Geschehens verlassen hatten. Schließlich müsse man arbeiten und hätte nicht den ganzen Abend Zeit, auf die Polizei zu warten, meinten die Passanten und Fahrer, die bis vor Kurzem allerdings noch nichts Besseres zu tun gehabt hatten. Wenn der erste Schock vorbei ist und die Anspannung nachlässt, fällt einem dann plötzlich wieder ein, dass man anderes, Wichtigeres, zu tun hatte als einen Toten anzusehen. Neuigkeiten werden sehr schnell zu alten, unnützen Neuigkeiten, die dann auf einmal langweilig werden. So ist das mit dem Neuen: Es wird schneller alt, als man das Wort ‚neu‘ buchstabieren kann.

„Wir haben aber alle Namen und Adressen, Herr Kommissar, und werden alle zu uns herein bestellen."

„Mach das, Armin, mach das. Es ist spät geworden und eigentlich wollte ich schon seit ein paar Stunden zu Hause sein. Also sei so gut und bleib noch ein bisschen hier und schau dich hier mal um. Vielleicht siehst du was Wichtiges. Außerdem wollen die von der Spurensicherung immer, dass einer von uns hier dabei ist. Mach es nicht zu lange. Wir sehen uns dann morgen im Büro."

„Am Samstag, Herr Kommissar?"

„Am Samstag, Armin, ja, am Samstag. Wie du weißt und ich dir auch schon einige Male gesagt habe, sind die ersten 48 Stunden in einem Kriminalfall die wichtigsten. Je länger man wartet, um so mehr Spuren gehen verloren. Das nun die 48 Stunden auf ein Wochenende fallen, kann man ja wohl nicht mir vorwerfen, oder?"

„Also bis morgen dann, Herr Kommissar."

Damit drehte sich Armin Staller demonstrativ auf seinem Absatz um und ging Richtung Tatort.

„Ich nehme die Straßenbahn, Armin, du kannst das Auto haben! Ich muss noch ein bisschen nachdenken", rief der Kommissar dem schnell entschwindenden Armin nach.

„Alles klar, Herr Kommissar!", rief Armin Staller zurück, den rechten Arm in die Luft schwingend, ohne sich jedoch noch einmal umzudrehen.

Kommissar Wengler machte sich auf den Weg zur Straßenbahnhaltestelle. Es regnete nun doch ein bisschen mehr als zuvor, der Nieselregen hatte sich zu einem Dauerregen entwickelt. Er fluchte, dass er keinen Schirm dabei hatte. Aber sein schwarzer Hut mit dem grünen Band und der breiten Krempe gab ihm doch genug Schutz, um nicht alles von dem Regen ins Gesicht zu bekommen.

Er hatte zugenommen die letzten Monate. Es war nach dem heißen Sommer ganz plötzlich kalt geworden und immer, wenn es kalt wurde, musste der Kommissar, mehr als er vertragen konnte, essen und trinken. Nun dachte er, dass er ein wenig von der Schwarte verlieren konnte, wenn er mehr liefe und nicht immer nur im Auto herumführe. Also nahm er so oft es ging die Straßenbahn. Als Beamter der Stadt hatte er gewisse Privilegien, wie zum Beispiel eine ermäßigte Monatskarte, die er die ganzen Jahre nicht ausgenutzt hatte, es jetzt aber nachzuholen gedachte.

Es war spät geworden, schon nach neun Uhr, und die Straßenbahn fuhr nur noch im Halbstundentakt. Das wusste er zwar, hatte es aber verdrängt oder einfach nicht daran gedacht. Jedenfalls stand er also an der Haltestelle und trat von einem Fuß auf den anderen, um sich zu bewegen und sich damit einigermaßen unter Kontrolle zu halten. Er hasste es, zu warten und so seine Zeit zu vergeuden. Es erinnerte ihn an seine Zeit beim Militär, in der er mehr Zeit vergeuden musste, als es für ein ganzes Leben angemessen gewesen wäre.

In dieser Zeit war er einmal zum Wachdienst eingeteilt worden. Nur zwei Tage, im Winter, die Tage vor Weihnachten. Und dann bis über den Weihnachtstag hinaus, was zwar am Anfang nicht so vorgesehen war, aber dem Ganzen dann noch einen extra Beigeschmack gegeben hatte, der ihm überhaupt nicht passte. Und das ergab sich wie folgt:

Die Temperatur am ersten Tag seines Dienstes des Streifegehens sank nachts bis auf minus 25 Grad herunter und er musste, wie befohlen, an diesem Zaun entlang marschieren. Immer einen Kilometer nach links und dann wieder einen Kilometer nach rechts. Dabei dachte er immer, »Wer zum Teufel würde bei solchen Temperaturen auch nur im Traum daran denken, irgendetwas Böses und Niederträchtiges an die-

sem, meinem Zaun zu unternehmen? »Wahrscheinlich«, dachte er sich, »lägen alle die, vor denen er diesen Zaun bewachte, schön im warmen Bett und lach-
ten sich krumm, dass jemand da entlang liefe und
denke, irgendwann würde irgendjemand kommen
und etwas Böses vorhaben.« Nur, wie das bei der Ar-
mee eben so ist, oft ergeben logische Schlussfolgerun-
gen keinen Sinn im Ablauf der Dinge des Militärs. Zu
seinem Glück lief in der Nähe des Zauns ein Dieselaggregat, an das er sich lehnte und dessen Wärme er
ausnutzte, um es sich ein wenig gemütlicher zu machen. Dies hatte den Erfolg, dass er vom wachhaben-
den Offizier dabei erwischt wurde, wie er genüsslich
in der Abstrahlwärme des Aggregats eine Zigarette
rauchte, was nachts ebenso verboten war wie im
Dienst eine Pause zu machen, da man damit den
Feind auf sich aufmerksam machen konnte. Den
Feind, ja. Das Glimmen einer Zigarette ist sicher gefährlicher, die Aufmerksamkeit zu erregen, als ein
dröhnendes Dieselaggregat. Diese zwei Vergehen,
das Aufwärmen und das Rauchen, sowie sein Kommentar diesbezüglich, verschafften ihm weitere Tage
des Wachdienstes, wobei dieser Dienst dann eben bis
über Weihnachten ausgedehnt wurde. Seit diesem
Vorfall hasste er es, zu warten. Besonders, wenn es
kalt und unangenehm war. Und es war kalt und unangenehm an diesem Abend.

Kapitel 3

Kommissar Wengler war wieder schlecht gelaunt, als er ins Büro kam. Armin Staller war schon da und hatte versucht, über den Computer einige Dinge ausfindig zu machen.

„Guten Morgen, Herr Kommissar!", waren seine ersten erfrischenden Worte, als der Kommissar den Raum betrat, eingehüllt in einen dicken Mantel, Schal, Handschuhe, Mütze und die nicht zu vergessenden Gamaschen. Er zog sich langsam aus, hängte seine Sachen auf den Kleiderständer, den man irgendwann in der Asservatenkammer gefunden hatte, setzte sich wortlos auf seinen Stuhl und entfernte unter großer Mühe und leisem Fluchen die Gamaschen.

„So, Armin. Jetzt bin ich soweit. Guten Morgen. Haben wir etwas Neues?"

„Wir haben den Namen und die Adresse. Der Mann heißt Thomas Marker, ist in München geboren, hat allerdings die letzten zwanzig Jahre in Brasilien gelebt und wohnt, oder besser gesagt: wohnte, in Trudering, in der St.-Veit-Straße. Seine neue Adresse ist in Perlach, in der Wolframstraße."

„Hat er irgendwelche Verwandten, Frau, Kinder oder so was?"

„Ja, er hat scheinbar einen Sohn, der wohnt auch hier in München, dort in der St.Veith-Straße. Ich hab schon ganz früh dort angerufen und einen Termin ausgemacht, wir können sofort dorthin fahren."

„Armin, warum hast du das nicht gesagt, bevor ich mich hier umständlich ausgezogen habe? Jetzt muss ich das ganze, verdammte Zeug wieder anziehen."

„Herr Kommissar, Sie haben nicht mit mir geredet. Wie sollte ich Ihnen denn etwas sagen, wenn Sie mir nicht einmal zuhören?"

„Armin, das hat ein Nachspiel."

Armin war es gelungen, ein Lächeln auf des Kommissars Gesicht zu bringen.

Damit fing er an, seine Gamaschen wieder anzuziehen, nahm seinen Mantel unter den Arm, den Schal um den Hals und die Mütze auf den Kopf. Die Mütze war eine alte Wollmütze aus den Zeiten des Skifahrens, als er noch jung und etwas beweglicher gewesen war. Sie war ein Geschenk einer Freundin aus dieser Zeit, Waltraud war ihr Name. Waltraud war Künstlerin, Malerin, Bildhauerin, Poetin und eben alles, was man so macht, um nicht arbeiten zu müssen, wie sich Herbert Wengler immer ausdrückte, wenn es darum ging, was man so den ganzen Tag über geschafft hatte. Sie hatte ihm das immer übel genommen und ihn einen verdammten Spießer genannt, aus dem einmal nur ein fauler Beamter werden würde. Immerhin hatte sie ihm eine Mütze gestrickt, die er auch sein ganzes nachfolgendes Leben in Ehren halten sollte. Die Affäre mit Waltraud hatte ein sehr schnelles Ende gefunden, was beide Parteien jedoch nicht sonderlich überraschte und traurig machte. Wie Kommissar Wengler Jahre später hörte, hatte sie einen Arzt geheiratet und ist damit ihrem Hobby, der Kunst, ihr ganzes Leben lang treu geblieben.

Das Wetter hatte sich nicht verbessert über Nacht, im Gegenteil. Aus dem Nieselregen wurde leichter Schneefall, der zwar nicht als Schnee liegen blieb, jedoch das Fahren auf den Straßen nicht besser machte. Das war Armins Aufgabe nun: den ganzen Winter das Steuer zu übernehmen. Wortlos hatte man sich darauf geeinigt. Die Einigung bestand darin, dass Kommissar Wengler immer die rechte Seite des Autos ansteuerte, was hieß, dass er nicht fahren wollte. Diskussionen darüber waren nicht nur sinnlos, sondern auch nicht erwünscht.

Das kleine Haus in Trudering war ein Bau aus den Fünfzigerjahren, als man sich ohne Baugenehmigung und mit den Ziegeln der zerbombten Gebäude der Stadt seine Häuser baute, wie man eben wollte. Kleine, viereckige Häuser mit einem spitzen, roten Dach, kleinen viereckigen Fenstern, einer viel zu kleinen Tür, einem grünen Zaun drumherum, einer Blechgarage am Ende der kurzen Einfahrt und einem Einfahrtstor, das auf dicken Gummirollen aufgerollt wurde und mit einem kleinen Haken zu verschließen war. Es wunderte Armin immer, warum man ein dickes großes Tor brauchte, welches man dann mit einem Haken verschloss, den man mit den Fingern verbiegen konnte. Irgendwie ergab das keinen Sinn.

‚Manfred Marker‘ stand auf dem Aluminiumschild, das über dem Briefkasten angebracht und auf dem der Name in schwarz eingraviert war. Darüber noch der Name ‚Gerhart Binder und Familie‘, was immer das wohl bedeuten mochte.

Armin klingelte. Er hatte mit Herrn Marker gesprochen und man hatte vereinbart, dass man sich in seinem Haus traf. Er wollte nicht in seinem Büro von der Polizei besucht werden, schon gar nicht von der Kriminalpolizei, meinte er. Er wusste bereits, was geschehen war, da ein Freund des Toten ihn noch am Abend des Vortages angerufen hatte, um ihm die traurige Nachricht zu übermitteln. Heute hätte er es auch in der Zeitung lesen können, die voll war von Berichten über die weitere Verrohung der Gesellschaft und den niederträchtigen Mord an einem Taxifahrer. Man wusste zwar nicht, was geschehen war, machte sich aber als Zeitung den Reim darauf selbst, da die Polizei mit den Informationen nicht gerade sehr großzügig war. Und es ließ sich gut verkaufen. Auch ließ sich gut verkaufen, dass die Polizei wie immer im Dunkeln tappte und noch keine Ahnung hatte, wie es und was passiert war. Man erwartete Ergebnisse, wo immer die auch herkommen sollten. Da es keine gab, machte man eben welche. Pressefreiheit, sagte der Kommissar immer, ist die Freiheit, sich lächerlich zu machen und dann von nichts gewusst zu haben.

Herr Marker kam aus dem Haus, öffnete das kleine Gartentor und bat beide Kommissare in seine Wohnung im Erdgeschoss. Dem Klingelschild nach war die obere Wohnung auch noch vermietet oder zumindest bewohnt, obwohl man sich nicht vorstellen konnte, dass dort eine ganze Familie Platz haben sollte.

Manfred Marker war ein Endzwanziger, mit kurz geschnittenen, rotbraunen Haaren, die in der Mitte mit viel Gel und kunstvollem Schwung zu einem kleinen Kamm hoch frisiert waren. Er trug eine blaue

Wollhose und ein dunkelblaues Poloshirt sowie gut geputzte, schwarze Schuhe. Besonders die Schuhe fielen dem Kommissar auf, da er immer Probleme hatte, seine Schuhe auch nur annähernd so gut geputzt aussehen zu lassen. Deshalb auch die Gamaschen im Winter.

„Kommen Sie herein, meine Herren, und setzen Sie sich. Wie ich schon am Telefon gesagt habe, weiß ich bereits, was passiert ist. Und wenn Sie jetzt denken, ich sollte schockiert oder traurig sein, muss ich Sie enttäuschen. Ich hatte kein gutes, oder man kann auch sagen, ich hatte so gut wie überhaupt kein Verhältnis zu meinem Vater, also wäre es wohl ein bisschen gelogen, wenn ich hier nun den traurigen Sohn spielen sollte. Was hätten Sie denn gerne gewusst?"

Mit dieser Einleitung ging man ins Haus, durch den schmalen Flur geradeaus in das winzige Wohnzimmer. Jeder setzte sich auf einen freien Stuhl, von denen es nur insgesamt drei gab, neben einer kleinen Couch, die man in die Ecke gestellt hatte. Von dort aus sah Herr Marker wahrscheinlich fern, da der für diesen Raum viel zu große Bildschirm an der gegenüberliegenden Wand angebracht war. Vor der Couch war noch ein kleiner, niedriger Tisch, helles Holz, mit mehreren Wasserringen und Brandlöchern. Eine kleine Spitzendecke versuchte vergeblich, Gemütlichkeit vorzuspiegeln.

Sobald sich Kommissar Wengler gesetzt hatte, holte er sein kleines weißes Notizbuch heraus, das in Kürze nun den Buchstaben M bekommen würde, Marker, Thomas Marker. Bisher war es noch fast leer, bis auf ein paar scheinbar banale Einträge des gestrigen Tages.

Kommissar Wenglers Abneigung gegen Computer hatte sich in den letzten Monaten nicht verbessert, sondern eher verschlechtert. Das System im Kommissariat war im August total zusammengebrochen, wahrscheinlich wegen der andauernden Hitze, wie er meinte, und man hatte zwei volle Tage versucht, all die Daten, die man schon in den Sphären der Unerreichbarkeit für menschliche Möglichkeiten wähnte, wieder in den Griff zu bekommen, das heißt an den richtigen Platz zurückzuspeichern. Oder überhaupt zu finden. Dies gelang nur teilweise, wodurch Kommissar Wengler sich zu der Bemerkung hinreißen ließ, dass das mit seinen weißen Notizbüchern wohl nicht passieren könne. Nicht nur, dass zu diesem Zeitpunkt die Nerven der zuständigen Leute im IT-Dezernat ziemlich blank lagen, nein, er musste das gerade auch noch bei einem Treffen sagen, in dem es darum ging, wie man die Effizienz der einzelnen Dezernate verbessern könne, ohne mehr Geld auszugeben. Dies hatte ihm keine neuen Freunde beschert, damals. Aber in seinem Alter, dachte er sich, ist es eben schwer, neue Freunde zu finden.

„Fangen wir doch damit an, dass Sie uns ein wenig über Ihren Vater erzählen, was er so gemacht hat, wer er war, mit wem er verkehrt hat und so weiter. Ganz normale Dinge eben. Und wenn wir dann mehr wissen wollen, lassen wir Sie das wissen."

„Das ist eine lange Geschichte, Herr Kommissar, und nicht so einfach zu erklären. Ich selbst habe manchmal Probleme, meinen Vater zu verstehen, oder besser gesagt, hatte Probleme, und ich weiß nicht, ob ich Ihnen da viel weiterhelfen kann."

„Ich denke schon, Herr Marker", sagte der Kommissar. „Wir sehen die Dinge rein beruflich schon immer etwas anders, als die nächsten Angehörigen. Manchmal sehen Außenstehende eher, was in einer Familie los ist, als die, die diese Familie sind, wenn Sie verstehen, was ich meine. Wir haben nicht diese Brille des ewig Gleichen auf, die Brille der Routine, die uns manchmal den Blick auf das Wesentliche versperrt. Also reden Sie einfach mal so darauf los und dann sehen wir weiter."

Manfred Marker machte nun doch einen leicht traurigen Eindruck und was er in diesem Moment dachte, musste ihm diesen Ausdruck verliehen haben.

Er stand von seinem Stuhl auf und setzte sich auf das Sofa, das schon einige Jahre hinter sich zu haben schien, aber noch immer in gutem Zustand war. Wie dieses Sofa, waren auch die anderen Möbel nicht gerade neu, aber einigermaßen gepflegt. Man sah, dass die Person, die diese Stücke unter Kontrolle hatte, stolz darauf war. Sie sollten erhalten werden.

„Ich möchte damit anfangen, dass wir vor zwanzig Jahren mit allem, was wir hatten, nach Brasilien ausgewandert sind. Das waren meine Eltern, meine Schwester, ich und ein paar Möbel, die es eigentlich nicht wert waren, mitgeschleift zu werden. Jedenfalls dachte ich damals so. Ich war zu dieser Zeit sieben

Jahre alt, meine Schwester zwei Jahre jünger. Mein Vater war Ingenieur und hatte ein Angebot bekommen, in Brasilien eine Fabrik aufzubauen. Da er schon immer etwas abenteuerlustig war, hat er uns alle, einschließlich meiner Mutter, überredet, mit ihm zu gehen. Wir wollten anfangs nicht, da meine Mutter sehr an ihren Eltern hing, die damals noch lebten. Meine Schwester und ich wollten nicht, da wir alle unsere Freunde zurücklassen mussten. Aber all das hat meinen Vater nicht beeindruckt. Er wollte es und das war genug. Es war kein guter Zeitpunkt, damals in dieses Land zu gehen. Wobei ich nicht weiß, ob es jemals einen guten Zeitpunkt gegeben hat oder geben wird. Aber wie auch immer. Als ich achtzehn wurde, habe ich mich entschieden, wieder nach Hause zu kommen, hier nach München, schon allein wegen des Studiums, das mich in Brasilien ein Vermögen gekostet hätte. Brasilien ist nicht für normale Menschen wie Sie und mich, müssen Sie wissen, es ist ein Land für Reiche. Alle anderen zählen nicht. Wenn Sie Geld haben, ist es ein Paradies, wenn nicht, die Hölle."

Manfred Marker schien nachzudenken oder sich an etwas zu erinnern, jedenfalls bekam er wieder einen sehr traurigen Ausdruck in seinem Gesicht, der den Kommissar nötigte, Armin anzuschauen und ihm zu verstehen zu geben, etwas zu sagen, damit die Spannung gelöst werden konnte.

„Sie waren also nicht mit Ihrer Familie zusammen, sondern sind alleine nach München zurückgekommen", sagte Armin daraufhin zu Herrn Marker.

Irgendwie schien der nicht ganz bei der Sache zu sein, in einer anderen Welt, und nur sporadisch zurückzufinden.

Es dauerte eine Weile, bis Manfred Marker den Faden wieder aufnahm und fortfuhr, allerdings ohne auf die Frage von Armin Staller einzugehen.

„Ich bin dann in dieses Haus eingezogen, das meiner Großmutter gehört hat, der Mutter meiner Mutter. Der Großvater war schon zwei Jahre tot damals, was meiner Mutter sehr zu schaffen machte, da sie nicht hier sein konnte, als es ihm schlecht ging und er im Sterben lag. Man konnte nur telefonieren und sich dabei gegenseitig trösten. Das war alles. Sich hoffnungslos trösten, wie meine Mutter das nannte."

Herr Marker holte tief Luft, sah aus dem Fenster. Der Schneeregen hatte sich in Schnee verwandelt, der Regen hatte aufgegeben, es schwebten nur noch weiße Flocken vom Himmel, trafen auf die Erde und vergingen. Manfred Marker drehte sich wieder in Richtung Kommissar Wengler und erzählte weiter.

„Ich bin also hier eingezogen, oben in die kleine Wohnung, in der jetzt Gerhard wohnt."

„Gerhard Binder, meinen Sie, mit Familie", warf der Kommissar ein.

Dies brachte ein kleines, flüchtiges Lächeln auf das Gesicht von Manfred Marker.

„Ja, die Familie sind seine zwei Katzen, die er über alles und jeden liebt. Er ist in dieser Beziehung nicht ganz richtig im Kopf, aber sehr gutmütig. Der tut keiner Fliege etwas zuleide, also lass ich ihm den Spleen mit seiner Familie."

Kommissar Wengler machte sich eine kurze Notiz in seinem Büchlein, einmal kurz mit dem Mitbewohner zu sprechen, sollte sich die Gelegenheit ergeben oder die Situation es nötig machen.

„Also zurück zu meiner Geschichte. Ich bin also hier bei meiner Großmutter eingezogen, habe mit ihr gelebt, sie hat mich bekocht und ich habe studiert. Maschinenbau, an der TU. Sie ist vor vier Jahren gestorben, ganz friedlich. Eines Morgens war sie einfach tot, so ganz einfach nicht mehr da. Sie war eine großartige Frau und wenn ich jemanden vermisse, ist sie es."

Manfred Marker verfiel wieder in diese Melancholie, die sein Leben zu beherrschen schien. Immer häufiger blickte er einfach so vor sich hin und dachte nach. Vielleicht hatte auch sein Gehirn Gewalt über ihn und er war nicht der Herr der Dinge, wie er es sich vielleicht vorstellte. So kam es Kommissar Wengler jedenfalls vor, als ob ab und zu jemand anderer seine Rolle übernehmen würde.

„Was ist mit Ihrer Mutter und Ihrer Schwester, Herr Marker, wo sind die zur Zeit?", fragte Armin Staller, und unterbrach damit Herrn Marker wieder, der sichtlich an seine Großmutter dachte.

„Wie? Ach ja, wir kommen dazu, etwas Geduld. Ich möchte Ihnen alles so erzählen, wie es war, damit Sie vielleicht verstehen, was und warum das alles passiert ist. Ich habe Ihnen gesagt, dass es eine lange Geschichte sein wird. Alles ist so kompliziert und so traurig, und am liebsten würde ich alles ganz einfach vergessen. Ist das möglich, Herr Kommissar?"

Damit sah er Kommissar Wengler tief in die Augen, als würde es etwas nutzen, jemanden in die Augen zu sehen, um auf eine Frage eine Antwort zu bekommen, auf die es keine Antwort gibt.

„Möchten Sie etwas trinken, einen Kaffee oder so? Oder Wasser? Ich habe auch ein Bier, glaube ich, aber da muss ich erst nachschauen. Bin mir da nicht ganz sicher."

„Nein", sagte der Kommissar und sah dabei Armin streng an. „Nein, machen Sie sich keine Mühe. Wir brauchen nichts. Fahren Sie ganz einfach fort."

„Bis dahin war alles ganz normal. Ich dachte jedenfalls, dass wir eine Familie hätten, die zwar entfernt voneinander lebte, aber sonst ganz normal sei. Vor etwas mehr als einem Jahr ist es dann passiert. Ich kann Ihnen nur erzählen, was ich gehört habe, ich war nicht dabei, aber es ging etwa so: Mein Vater fuhr aus der Garage auf den Weg, der zur Hauptstraße führt. Dazu muss man wissen, dass der Weg aus der Garage aus Sicherheitsgründen wie eine Schleuse gebaut war, was heißt, dass man aus der Garage herausfuhr, sich das Garagentor schloss, das auch der einzige Zugang zum Haus war, und nur, wenn das Garagentor wieder zu war, öffnete sich das Tor zur Straße. Als mein Vater dann auf der Straße war und zur Hauptstraße fahren wollte, versperrte ihm ein anderes Auto den Weg. Noch bevor er aussteigen konnte, um mit dem im anderen Auto zu reden, was da los sei, stoppte hinter ihm ein weiterer Wagen. Das heißt, er hatte keine Möglichkeit mehr, sowohl nach vorne als auch nach hinten wegzufahren. Er war eingekeilt. Und in diesem Moment wusste er, was los war."

Manfred Markers Stimme wurde etwas lauter als vorher. Er sah nur noch auf den Boden, schien sich zu konzentrieren oder sich zu erinnern, versuchte wahrscheinlich, diese Erfahrung so gut wie möglich zu vermitteln.

„Ein Mann aus dem vorderen Wagen stieg aus, nahm meinem Vater den Autoschlüssel weg, den er schon abgezogen hatte, und öffnete mit der Fernbedienung das erste Tor zur Garage und dann auch das zweite. Meinen Vater haben sie aus dem Auto gezerrt, in den Kofferraum des hinteren Wagens gesperrt und sind dann mit ihm weggefahren. Was weiter passiert ist, weiß niemand. Man weiß nur, dass mindestens vier Leute in unser Haus eingebrochen sind und alles ausgeräumt haben, was auch nur irgendeinen Wert hatte. Meine Schwester und meine Mutter waren zu dieser Zeit im Haus und wurden in der Toilette eingesperrt. Ob sich meine Mutter nun gewehrt hat, ob sie versucht hat, meine Schwester zu beschützen, oder was immer auch los gewesen war, man konnte es nicht mehr nachvollziehen. Jedenfalls waren meine Mutter und meine Schwester tot, erschossen, als man sich zwei Tage später Zugang zum Haus verschaffte, da man sich in der Firma Sorgen um meinen Vater gemacht hatte."

Herr Marker war sichtlich erschöpft. Er sank in sich zusammen und versuchte, sich so gut es ging zu beherrschen. Man sah, dass ihm das Mühe machte und er mit sich rang. Die Erinnerungen schienen ihn nicht in Ruhe zu lassen. Man sah ihm an, dass dies alles noch wie eine offene Wunde war, die nicht heilen wollte.

Der Kommissar und Armin Staller sahen sich gegenseitig fragend an und konnten nicht recht begreifen, was sie gerade gehört hatten. Sie selbst waren Hüter des Gesetzes, aber so eine Geschichte ging einem doch noch immer näher als man es manchmal haben möchte.

Manfred Marker schien sich wieder einigermaßen gefangen zu haben und fuhr mit der Geschichte fort.

„Nachdem die Polizei im Haus war, hat man auch nach meinem Vater gesucht, allerdings vergeblich. Die Firma musste noch ein Lösegeld bezahlen, mein Vater jedoch wurde nicht frei gelassen. Man hat nie wieder etwas von diesen Leuten gehört oder gesehen. Wie mir mein Vater dann später erzählte, sind die mit dem Auto so alle paar Stunden in der Gegend herumgefahren und er war die ganze Zeit nur im Kofferraum. Er hatte schon mit sich abgeschlossen und nur darauf gewartet, dass man ihn erschießt. Aber nichts ist passiert. Dann hat er festgestellt, dass alles auf einmal ganz ruhig war, das Auto nicht mehr bewegt wurde und man nur noch die Millionen von Grillen hörte, die jede Nacht ihre Musik abspielen, dass einem die Ohren dröhnen. Er hat gewartet. Und als er dachte, es wäre sicher, hat er versucht, die Kofferraumklappe zu öffnen, was ihm auch gelang. Er stieg aus, ging zur nächsten Straße und fuhr mit einem Taxi nach Hause. Man hatte ihn einfach dort in der Wildnis abgestellt und ihm seinem Schicksal überlassen. Können Sie sich das vorstellen? Was sind das für Menschen, die das tun? Was sind das für Menschen?"

Die letzten Worte waren etwas lauter als er es wohl hatte sagen wollen, aber es war mehr als verständlich, dass er sich über das, was er sagte und damit in seine Erinnerung zurückrufen musste, erregte. Man sah, dass er sich seiner Verzweiflung hingegeben hatte und sie mit ihm machte, was sie wollte.

Irgendwie schien Manfred Marker weggetreten zu sein. Sein Blick war leer und in eine Unendlichkeit gerichtet, zu der nur er selbst Zugang hatte. Er starrte in sich hinein, fing leicht an zu zittern und bohrte seine Fingernägel in seine Hände.

„Wenn Sie doch bitte fortfahren wollen, Herr Marker. Wir wissen, es ist nicht einfach, aber versuchen Sie es. Wir würden gerne wissen, wie es ausgegangen ist."

„Ja, Herr Kommissar. Ja, natürlich, entschuldigen Sie bitte. Ich war nur ein wenig weggetreten, musste daran denken, was mein Vater durchgemacht hat und jetzt wurde er auch noch ermordet. Er hat die brasilianische Hölle überlebt und wird in München ermordet. Was für eine Ironie des Schicksals!"

Wieder entstand eine Pause, die nur durch das Klappern einer Türe unterbrochen wurde. Wahrscheinlich war der Mieter der oberen Wohnung nach Hause gekommen oder gegangen.

„Zu Hause angekommen fand er nichts mehr", fuhr Manfred Marker fort, ohne das Geräusch registriert zu haben. „Keine Möbel, keine Angestellten, nichts, und natürlich auch nicht meine Mutter und meine Schwester. Er wusste zu dem Zeitpunkt noch nicht, was los war und war auch viel zu schwach, um das zu realisieren. Er rief in der Firma an und dort waren alle mehr als überrascht, dass es ihn überhaupt noch gab, dass er überhaupt noch lebte. Man hat dann von der Firma aus einen Krankenwagen bestellt und ihn erst einmal in ein Krankenhaus gefahren, wo der Präsident der Firma schon auf ihn wartete. Natürlich wollte mein Vater wissen, wo seine Frau und Tochter seien, aber man hat ihm erst einmal eine Spritze gegeben, dass er sich erholen konnte. In dem Zustand, in dem er war, konnte er weitere Aufregungen nicht verkraften. Nach ein paar Tagen Ruhigstellung hat man es ihm dann eröffnet, und wie man mir erzählte, hatte er so etwas schon geahnt, da niemand außer seinem Chef ihn im Krankenhaus besucht hatte. Um es kurz zu machen, er hat alle seine Sachen innerhalb einer Woche verkauft oder her geschenkt, hat alles Geld nach Deutschland überwiesen und ist einfach nach München geflogen. Ich habe ihn vom Flughafen abgeholt und wir haben für ein paar Wochen, bis er seine eigene Wohnung gefunden hat, hier zusammengewohnt. Ich meine, er hat oben gewohnt, Sie wissen schon, wo jetzt Herr Binder wohnt."

Der letzte Teil der Geschichte ging ihm leicht über die Lippen, er war scheinbar froh, es hinter sich gebracht zu haben.

„Und warum haben Sie sich nicht mit ihm verstanden? Hätte er nicht gerade in dieser Situation Ihre ganze Unterstützung gebraucht?"

„Ich weiß, was Sie meinen, Herr Kommissar, aber ich mache meinen Vater für den Tod meiner Mutter und meiner Schwester verantwortlich. Wir sahen das kommen. Wir haben fast jeden Tag darüber geredet.

Wir haben fast jeden Tag damals von solchen Fällen der Entführung und Brutalität gehört, im ganzen Bekanntenkreis, und wir haben auf unseren Vater immer wieder eingeredet, endlich in ein Land zu gehen, in dem man ohne Angst und in Ruhe leben könne. Er wollte nicht. Er fand das immer übertrieben, Leute würden viel reden und so, hat er immer gesagt, und uns würde das nicht passieren. Sie sehen, wie recht er hatte."

„Warum ist er dann Taxi gefahren, hier in München?"

„Haben Sie eine Ahnung, Herr Staller, was es heißt, in München Arbeit zu finden, wenn man über fünfzig ist? Mit vierzig ist man doch schon altes Eisen, das man am Liebsten in den Müll schmeißt. Ich sehe das jede Woche hier in der Gegend: Sobald man die fünfzig überschritten hat, bekommt man scheinbar eine Plakette angeheftet mit der Aufforderung, dass man sich doch langsam mal zur Ruhe setzen sollte. Mach mal Platz, Alter, und so. Sie sollten einmal sehen, wie diese Menschen behandelt werden, es ist eine Schande. Dann sitzen Sie hier auf den Parkbänken und packen ihr Pausenbrot aus, das sie jahrelang mit in die Firma genommen haben. Sitzen einfach da, auf diesen Bänken, und denken es sei ihr Büro. Dann sitzen sie da, mit all den anderen, denen man auch das Leben genommen hat, und die unterhalten sich dann darüber, was sie wohl morgen machen, obwohl sie schon wissen, was sie machen, nämlich dasselbe wie jeden Tag: nichts."

Manfred Marker erregte sich wieder, als er über dieses Thema sprach. Es gab ihm eine menschliche

Komponente, und man sollte nicht vorschnell urteilen, dachte sich der Kommissar. Wer kann schon wissen, wie es in einem anderen Menschen aussieht, wo man doch oft nicht weiß, was mit einem selbst los ist?

Manfred Marker beruhigte sich wieder, sah aus dem Fenster, bohrte wieder seine Fingernägel in seine Hand und sah verstört um sich herum.

„Also hat er sich von dem Geld, dass er von seiner Firma in Brasilien noch bekommen hatte, ein Taxi gekauft. Konzession und Auto, alles zusammen. Ist nicht einfach zu bekommen, aber es klappte und er war zufrieden damit. Wir hatten nicht viel Kontakt, eigentlich so gut wie überhaupt nicht, außer eben mal Mittagessen oder so. Wir hatten unsere beiden Leben und wir waren es zufrieden. Er zahlte auch für die Sachen hier und so, wenn Sie wissen, was ich meine."

Der Kommissar und Armin wussten es in diesem Moment nicht, aber es war auch nicht von Bedeutung. Es würde sich noch herausstellen, man war ja erst am Anfang der Geschichte.

„Ich möchte Ihnen noch einmal mein herzlichstes Beileid aussprechen, Herr Marker, für das, was Ihrer Familie geschehen ist. Wahrscheinlich können wir nicht nachvollziehen, was wirklich los war und wie man so etwas verkraftet, und wir wollen uns auch kein Urteil darüber erlauben, wie Sie mit Ihrem Vater hätten umgehen sollen. Aber haben Sie irgendwie eine Ahnung, wer das getan haben könnte? Wer hätte Interesse daran, Ihren Vater umzubringen?"

Der Kommissar sah Herrn Marker eindringlich an, als er diese Fragen stellte. Seine Menschenkenntnis hatte ihm schon des Öfteren geholfen herauszufinden, ob die Menschen, die er befragte, ihm die Wahrheit sagten oder nicht. Es ist unmöglich für eine Person, zu lügen und sich dabei nicht zu verraten. Vielleicht für einen kurzen Moment, aber nicht für sehr lange. Man musste nur oft genug fragen, immer wieder dieselben Fragen, und irgendwann würde es herauskommen. Lügen kann man sich nicht merken, sie sind erfundene Erlebnisse, die man so schnell wieder vergisst, wie man sie erfunden hat. Das ist die Natur des Menschen und wenn man das weiß, und der Kommissar hatte in dieser Beziehung jahrelange Erfahrung, bleibt einem nichts verborgen.

„Nein, ich habe keine Ahnung. Wie ich schon gesagt habe, waren wir nicht in sehr engem Kontakt hier in München. Ich könnte also nicht einmal sagen, ob er Feinde hatte oder wer ihm das hätte antun können."

„In diesem Fall danken wir Ihnen dann für das Gespräch. Ich weiß nicht, ob es dem Fall weiterhilft, aber wie es oft ist in solchen Fällen, wir wissen es erst am Ende, wenn alles geklärt ist. Dann macht man sich manchmal Gedanken, wie das zusammenpasst und wie man das manchmal schon hätte sehen können, viel früher sehen können, meine ich. Armin, lass uns gehen."

Alle drei erhoben sich, gaben sich die Hand und gingen gemeinsam zur Haustüre.

„Haben Sie vielleicht eine Telefonnummer von Ihrem Mitbewohner, Herr Marker?", fragte Armin beim Hinausgehen.

Manfred Marker schien verwundert über diese Frage. Wahrscheinlich hatte er sie nicht erwartet.

„Wir wollen nur keinen Stein liegen lassen, den wir hätten umdrehen sollen", fügte Armin noch hinzu, um deutlich zu machen, dass er wirklich eine Telefonnummer haben wollte.

Manfred Marker ging in die Küche, notierte eine Telefonnummer auf einen Zettel, kam zurück und drückte diesen Armin in die Hand.

„Danke, Herr Marker! Und noch eine letzte Frage, nur Routine, nur für die Akten. Wo waren Sie gestern gegen fünf Uhr Nachmittag?"

„Zu Hause. Fragen Sie meine Nachbarn, wenn Sie wollen, die haben mich gesehen. Ich bin meistens zu Hause."

Damit nahm er eine Visitenkarte aus seiner Hosentasche und gab sie Armin Staller. Alles, was darauf stand, waren sein Name und die Telefonnummer.

Irgendwie, dachte sich der Kommissar, war er darauf vorbereitet. Oder hat man immer eine Visitenkarte in der Hosentasche? Er hatte keine dabei, eigentlich hatte er nie eine in der Tasche, obwohl man ihm jedes Jahr eine neue Schachtel mit der Hauspost schickte. Nicht, dass er sie so schnell verbrauchte. Nein, im Gegenteil, er brauchte fast nie eine dieser Karten. Aber irgendetwas änderte sich im Präsidium jedes Jahr mit Sicherheit, sei es nun die Abteilungsbezeichnung, die Durchwahl, die E-Mail-Adresse, das Stockwerk oder was immer sich derjenige ausdachte, der im Hause dafür zuständig war, eben wieder das ganze Haus mit neuen Karten zu versorgen. Es hätte ihn nicht gewundert, wenn der Polizeipräsident nebenbei eine Kartendruckerei unterhalten würde.

„Das werden wir machen, Herr Marker. Vielen Dank noch einmal für Ihre Zeit und auf Wiedersehen! Lass uns nun gehen, Armin."

Damit machte man sich auf den Weg, durch das kleine Tor und zum Wagen. Seltsame Geschichte, dachte sich der Kommissar, seltsam. Irgendwie seltsam. Man redete kein Wort und fuhr durch den sich abwechselnden Schnee und Nieselregen dem Kommissariat entgegen. Es würde ein komplizierter Fall werden, darüber war man sich einig, wenn man auch nicht direkt davon sprach. Man verstand sich auch so, wenn man sich nur gegenseitig anblickte.

Kapitel 4

Man war fast schon im Präsidium, als der Kommissar Armin anwies, in die Wohnung von Thomas Marker zu fahren.

„Ich glaube, wir sollten da jetzt so schnell wie möglich hinfahren, um zu sehen, was es so auf sich hat mit der ganzen Geschichte", meinte der Kommissar, tief in Gedanken versunken. Armin Staller wusste, dass er in diesem Zustand der Versunkenheit nicht ansprechbar war und drehte auf der Stelle um.

Thomas Marker wohnte in Perlach, einem Vorort, in dem sowohl die Gutsituierten als auch die nicht so gut Situierten wohnten.

„Gute Gegend, wo der wohnt", sagte Armin, nur um ein Gespräch anzufangen und dem Kommissar Gelegenheit zu geben, abzuschalten.

„War früher nicht so, hat sich aber entwickelt."

Der Kommissar sah Armin mit einem Blick der Verwunderung an.

„Armin, es gibt nur noch gute Gegenden in München, jedenfalls den Preisen nach. Auch die Dienstwohnung, die ich hab, wird früher oder später mal total saniert werden. Dann kann ich schauen, wo ich bleib. Raustragen müssen die mich, das versprech ich dir. Freiwillig gehe ich nicht. Außer, die geben mir eine Wohnung im Süden, wo nur die Sonne scheint. Und damit meine ich nicht, im Süden von München, Armin."

Es hatte mittlerweile von Schneeregen zu Schnee gewechselt und es bildete sich eine dünne Schicht des weißen Wunders. Wie gezuckert lag die Landschaft, die zwischen den Häusern noch geblieben war, wenn auch das Meiste schon durch Straßen und Gehwege ersetzt worden war. Die schwarzen Wege und Straßen waren noch zu warm, um das gefiederte Eis in seiner Schönheit zu belassen, dort schmolz es einfach zu Wasser.

„Wie ich Kind war, haben wir beim ersten Schnee immer den Reifen herausgeholt, ich meine, den Schlauch vom Lastwagenreifen, sind zum Fahrradhändler gegangen und der hat ihn uns aufgepumpt. Der war ganz in der Nähe vom Neuhofer Berg, damals noch ein einsamer Schuttberg bei uns in der Gegend, in Sendling, wo ich aufgewachsen bin."

Kommissar Wengler lächelte leise in sich hinein, als er anfing, diese Geschichte zu erzählen.

„Wir sind dann also auf den Berg gegangen, der zwei Abfahrten hatte, eine, die man die Hasenabfahrt nannte, und die andere die Steilabfahrt. Hasenabfahrt deswegen, weil sich dort nur die Angsthasen hinunter getraut haben."

„Und Sie waren der Meister vom Steilhang, nehme ich an."

„Darauf kannst du wetten, Armin, dass wir von Sendling die Meister vom Steilhang waren! Runter sind wir, wie die Teufel. Da gab es noch einen Querweg auf dem Steilhang, so halb runter, und über den sind wir dann immer meterhoch gesprungen."

„Meterhoch?"

„Armin, für uns war das meterhoch. Waren wir doch selbst nicht einmal einen Meter hoch."

Armin musste ein wenig lachen, als der Kommissar das sagte. Es war selten, dass er so aus sich herausging, aber es kam vor.

„Jetzt haben die den Mittleren Ring durch den Berg gebaut, es gibt keinen Steilhang mehr, nur noch eine Böschung mit Unkraut."

Dann war für einige Minuten Ruhe. Armin ließ den Kommissar in die Zeit entfliehen, in der alles etwas besser war, etwas einfacher und etwas weniger aufregend. In der es noch Gras gab, das wie Gras aussah, in der es noch Abenteuer zu bestehen gab und in der der einsame Reiter die Verzweifelten rettete. Und in der Winnetou mit Old Shatterhand Frieden schloss.

„Sind wir bald da?"

„Nur noch ein paar Minuten."

„War die Spurensicherung schon da?"

„Ja, gestern schon, noch am Abend. Sie wissen ja, wie eilig die das immer haben."

„Mit Recht. Wir wollen, wenn's geht, zwar immer die Ersten sein, die dort etwas suchen, aber wenn's nicht so läuft, auch recht."

Armin Staller bog in die Wolframstraße ein. Es war eine Straße mit einer Allee aus alten Kastanienbäumen, einem breiten Gehweg auf beiden Seiten, weißen Lattenzäunen mit sauber geschnittenen Hecken - genau zehn Zentimeter über dem Zaun - mit weiß getünchten Mehrfamilienhäusern, die erst die letzten zehn Jahre gebaut worden waren, und schwarzen

Fensterläden. Jedes Haus hatte eine Dachterrasse mit echten Bäumen und Blumen, wie in einem botanischen Garten. Alle im traurigen Stadium des Winterschlafes und zu dieser Zeit überzogen mit weißem, teils gefrorenem Regen. Eigentumswohnungen, wie es aussah. Wohnungen, die sich der normale Münchener nicht leisten konnte, wie der Kommissar nicht lassen konnte, immer wieder zu betonen. Für die aus dem Norden, die hier her kommen und die Preise kaputt machen, wie er immer wieder jammerte. Armin Staller musste dann immer dazwischen fahren und ihm sagen, dass das nichts mit Nord oder Süd zu tun hatte, sondern mehr damit, wer das Geld hatte, was den Kommissar jedoch auch nicht friedlicher machte. Für ihn waren es die aus dem Norden, die seine schöne Heimat in Besitz genommen und die Preise verdorben hatten.

Es war leer in der Straße, nicht einmal ein Hund war zu sehen. Der Schneefall war stärker geworden und die Flocken dementsprechend größer. Eichkätzchen waren die einzigen Lebewesen, die sich hinaus trauten und der Witterung trotzten.

„War die Spurensicherung schon in der Wohnung, Armin?"

„Aber ja, Herr Kommissar, hab ich Ihnen schon gesagt, die waren gestern schon dort. Sie wissen ja, wir versuchen immer, die Ersten zu sein, die die Wohnung durchsuchen und die Unordnung machen."

Ein kleines Lächeln kam von Armin Staller, das jedoch vom Kommissar nicht erwidert wurde. Er war zu beschäftigt, sich innerlich über den Schnee zu ärgern, der dieses Jahr viel zu früh gekommen war.

Als sie bei Nummer 14 ankamen, parkten sie ihr Auto, stiegen aus und gingen auf das schwere, verzinkte Eingangstor zu, das schon alleine wegen seiner Größe Respekt einfloss. Es gab auch eine kleine Abfahrt in die Tiefgarage, die geschickt mit Büschen und Bäumen verdeckt war.

„Früher hat man die Türen in die Wohnung offen gelassen, heute mauert man sich ein."

„Ja, Herr Kommissar, die Welt ist schlecht. Deswegen geht bei uns auch die Arbeit nicht aus."

Armin Staller klingelte bei der Partei im Erdgeschoss, ‚Familie Moser, Dr. Franz & Anneliese Moser', stand es auf dem goldfarbenen Namensschild mit dunkelblauer Gravierung. Ein Summer ertönte und eine Stimme, die von einem Kind zu kommen schien, sagte: „Mein Papa kommt gleich, der ist nur gerade auf dem Klo."

„Da wollen wir mal nicht stören", sagte Armin. „Wir warten ein bisschen."

Es dauerte nicht lange, bis eine männliche Stimme sich meldete.

„Ja, womit kann ich helfen?"

„Herr Moser?", fragte der Kommissar.

„Ja, Dr. Moser. Wer sind Sie und was wollen Sie?"

„Kommissar Wengler und Kommissar Staller von der Kripo in München. Wir wollen uns die Wohnung von Herrn Marker ansehen. Machen Sie uns bitte auf."

Es dauerte ein paar Augenblicke, aber dann klickte es und die große Eingangstür öffnete sich mit einem leisen Summen, das fast nicht zu hören war.

Kommissar Wengler und Armin gingen auf den Eingang zu. Ein Klicken zeigte Ihnen, das die Tür nun bereit war, geöffnet zu werden. Ein leichtes Drücken genügte, um den automatischen Türöffner in Gang zu setzen.

„Ja, ist hier alles elektrisch oder was?", war es vom Kommissar zu vernehmen, der sichtbar über die Technik in diesem Haus nur staunen konnte.

Im Hausflur angekommen, gab es keine Licht-schalter, sondern nur kleine weiße Schaltflächen mit Zahlen von 1 bis 6.

„Was ist das denn? Alles elektrisch und dann nicht einmal ein Lichtschalter."

Armin drückte auf eine Zahl auf dem Tablett und schaltete damit einige Lichter ein, die den Gang in ein dumpfes Dämmerlicht hüllten.

„Wenn Sie auf eine 6 drücken, Herr Kommissar, wird es ganz hell. So können Sie sich aussuchen, wie hell Sie es haben wollen. Außerdem können Sie das Licht auch von Ihrem Computer aus einschalten, wo immer Sie sich auch aufhalten. Auch vom Ausland, wenn Sie auf Reisen sind. Ich wette, die haben auch Kameras hier, damit Sie immer wissen, was hier im Haus los ist. Alles gesteuert über das Internet."

„Und warum, bitte, sollte ich das Licht einschalten, wenn ich nicht zu Hause bin?"

„Sie haben Recht, Herr Kommissar. Aber machen Sie sich keine Gedanken, Sie haben ohnehin keinen Computer."

Eine Tür öffnete sich und ein Mann in den Mitdreißigern kam heraus, ein kleines Mädchen von etwa fünf Jahren im Schlepptau.

„Sind Sie ein echter Kommissar, Herr Kommissar?", fragte sie mit einer piepsigen Stimme.

„Marina, sei bitte so gut und geh in dein Zimmer. Die Herren wollen sicher nicht mit dir reden."

„Aber ich wollte doch nur…"

„Marina, tu, was ich dir sage. Und Sie, meine Herren, zeigen mir erst einmal Ihre Ausweise, bitte."

Marina drehte sich demonstrativ um und verschwand im Dunkel der Wohnung. Kommissar Wengler und Armin Staller zeigten ihre Ausweise.

„Haben Sie einen Schlüssel zur Wohnung von Herrn Marker?", fragte der Kommissar.

„Habe ich. Warten Sie bitte hier, ich werde ihn holen."

Damit drehte sich Herr Moser um und verschwand, nicht ohne die Tür hinter sich zu schließen.

Nach einigen Minuten kam er zurück.

„Hier, meine Herren. Sie sollten ihn mir wieder zurückgeben, bevor Sie das Haus verlassen. Ich möchte einen haben, nur so, für den Notfall."

„Machen wir, Herr Dr. Moser, machen wir. Armin, komm, lass uns gehen."

Sie stiegen die Treppe hoch in das nächste Stock-werk. Ein Klicken von unten sagte ihnen, dass die Tür geschlossen wurde.

Das Siegel der Polizei war noch an der Tür. Armin durchtrennte den Papierstreifen, der an Rahmen und Tür klebte und sie miteinander verband, mit seinem Taschenmesser, das er immer in der Hosentasche hatte. Das Taschenmesser hatte ein blau weißes Rau-tenmuster und das bayerische Wappen. Ein Kleinod, das nicht jeder hatte.

Armin sperrte die Tür zu Thomas Markers Woh-nung auf.

„Nicht schlecht für einen Taxifahrer", sagte Armin so vor sich hin, als man in die Wohnung trat.

„Vielleicht sollte ich umsatteln."

„Rede kein dummes Zeug und sieh dich lieber um, ob es etwas gibt, was uns weiterhelfen kann."

„Nach was suchen wir, Herr Kommissar?"

„Adressen, Notizen, Aufzeichnungen, Postsachen und eben alles, was uns weiterhilft herauszufinden, was Thomas Marker gemacht hat, wie er gelebt hat und wie er zu dieser Wohnung gekommen ist."

„Der Computer ist bereits weg, wie ich sehe. Ich nehme an, dass die Spurensicherung den mitgenom-men hat."

„Ruf an Armin und frag sie."

„Es ist Samstag, Herr Kommissar, die sind zu Hause und trinken sich einen an, mit heißem Tee, meine ich."

„Würde ich auch gerne", murmelte der Kommissar in seinen Bart, ohne dass Armin es hören konnte. Es hätte ihn wahrscheinlich auf dumme Gedanken gebracht.

Die Wohnung sah aus wie ein brasilianisches Museum. Die Wände hingen voll von Dingen, die man normalerweise nur in Naturkundemuseen finden kann, Indianermasken vom Amazonas, Ketten aus Tierzähnen hinter verglasten Rahmen, Schmetterlinge hinter Glas, so groß wie eine Hand, und eine Unmenge von Büchern. Bücher über Voodoo lagen im ganzen Zimmer verstreut.

„*Fo-Do*, was ist denn jetzt das wieder?"

„Nicht *Fo-Do*, Herr Kommissar, man spricht das *Wu-Du*, wie im Englischen. Und jetzt erzählen Sie mir bitte nicht, dass man auf Deutsch Vogel mit einem F-laut spricht und deswegen alles andere mit einem V auch so ausgesprochen werden muss."

„Wollte ich doch gar nicht sagen, Armin."

„Wollten Sie schon, deswegen hab ich das gleich abgeblockt."

„Und was ist das, dein *Wuu-Duu?*"

„Also, genau weiß ich das auch nicht, aber es ist eine Religion, die in der Karibik stark verbreitet ist. Ich kann einmal nachschauen und Sie das wissen lassen. Ich glaube, der Mord könnte irgendwas damit zu tun haben, ansonsten wären doch nicht diese ganzen Bücher hier."

„Da magst wohl recht haben, Armin, aber vielleicht auch nicht. Wir sind nicht von der Presse, Armin, wir ziehen Schlüsse erst, wenn wir Beweise haben. Also schauen wir weiter, vielleicht finden wir ja noch was."

Armin ging zum Regal, in dem alles Mögliche deponiert war. Es sah sehr aufgeräumt aus, nichts schien zu fehlen. Einige Fächer waren vollgestellt mit CDs, Musik aus Brasilien, Samba. Ein anderes mit DVDs, alten Filmen, Filmen aus den Zwanziger- und Dreißigerjahren.

„Hier ist etwas für Sie, Herr Kommissar: Humphrey Bogart, die ganze Kollektion."

„Das waren gute Filme, Armin, so etwas wird heute gar nicht mehr gedreht. Nur noch Schießereien und je mehr Tote desto besser. Je mehr sterben, desto besser ist dann der Film."

„Hier ist ein Kalender, Herr Kommissar. Oder mehr ein Notizbuch für das ganze Jahr. Ich glaube, er hat sich nicht so sehr auf seinen Computer verlassen und noch alles mit der Hand eingetragen."

„Lass mal sehen."

Der Kommissar nahm Armin das Buch aus der Hand und fing an zu blättern. Keine Seite war beschrieben, bis auf einige, scheinbar unbedeutende Termine. Jedes Mal am zweiten und vierten Dienstag im Monat war ein Kreis gemalt und daneben neunzehn Uhr geschrieben.

„Schau mal hier, Armin. Jeden zweiten und vierten Dienstag im Monat ein Kreis und die Uhrzeit."

„Muss ein Termin sein, nehme ich an. Da es am Abend ist, kann es doch nur ein privater Termin sein, irgendeine Verabredung, und immer dieselbe, jeden zweiten Dienstag. Wir werden herausfinden, was das zu bedeuten hat. Vielleicht weiß ja sein Sohn etwas darüber."

Man sah sich noch eine Weile um, ohne großartig etwas zu finden. Das Wichtigste wird wohl schon die Spurensicherung mitgenommen haben, dachte sich der Kommissar, und die würde er am Montag danach befragen.

„Armin, komm lass uns gehen. Hier werden wir nichts mehr finden."

„Ja, Herr Kommissar, es ist auch schon spät. Lassen's uns nach Hause fahren. Ich setze Sie zu Hause ab, dann brauchen Sie nicht durch den ganzen Schnee zu stapfen."

Auf dem Weg nach draußen klingelten sie noch bei Dr. Moser, bedankten sich für den Schlüssel und verabschiedeten sich. Ohne ein Wort zu sagen, nahm der Herr Doktor Moser den Schlüssel, drehte sich um und verschwand leise in seiner Wohnung.

„Seltsamer Typ, dieser Doktor, finden Sie nicht, Herr Kommissar?"

„Ein Doktor eben, Armin, die sind halt was Besonderes. Bis wir sie befragen, dann sind sie alle wie ganz normale Menschen. Dann kommen die runter von ihrem Ross. Und siehst du, das gibt einem manchmal auch was."

Kapitel 5

Es war Montag geworden. Armin Staller war schon früh im Büro, da er vorhatte, in Brasilien anzurufen. Nur, was er dabei nicht bedacht hatte und ihm erst später einfiel, war, dass dort vor Mittag seiner Zeit sowieso keiner erreichbar wäre.

„Armin, das hätte dir aber schon einfallen sollen. Da hätte ich aber mehr von dir erwartet."

Der Kommissar konnte sich ein leichtes Schmunzeln nicht verdrücken, als er das sagte. Armin gab ihm keine Antwort. Es war ihm sichtlich peinlich. Auch bereute er, überhaupt damit angefangen zu haben. Ja, verdammt, er hätte es wissen müssen. Und wenn er es schon nicht gewusst hatte, hätte er es nicht auch noch dem Kommissar auf einem Teller präsentieren müssen.

Der Schnee hatte sich wieder verzogen, als wollte er sagen, »Ich warte noch ein bisschen, wenn es so richtig kalt wird, komm ich wieder.« Kommissar Wengler war besserer Laune als am Samstag, auch wegen des Wetters. Er wusste sehr wohl, dass dies nur eine kurze Zeit der Freude sein würde, aber besser als nichts.

„Herr Kommissar, eine vielleicht wichtige Kleinigkeit: Wir haben noch mal mit der Taxizentrale gesprochen und herausgefunden, dass der Notrufknopf ausgeschaltet war in dem Wagen von Thomas Marker. Der Passagier muss also wieder ausgestiegen sein, sonst hätte Marker ihn angelassen. Dann haben wir gefragt, warum er sich denn nicht gemeldet hat, und herausgefunden, dass die Gegend, in der der Wagen gefunden wurde, in einem Funkloch liegt, das heißt, dass Thomas Marker den Sprechfunk nur nicht gehört hat. Wenn er nur hundert Meter weitergefahren wäre, hätte man sich wieder mit ihm unterhalten können. Mehrere Taxifahrer haben uns das bestätigt, dass diese Ecke schon immer totes Gebiet war, wie die sagen. Manchmal geht es, manchmal nicht."

„Wie bei deinem Computer, der hat auch manchmal Denkpause."

Armin Staller sah den Kommissar an, als wollte er sagen, dass er schon genug über seinen Computer von ihm gehört habe. Den Kommissar beeindruckte das nicht.

„Das heißt also", meinte Armin, „dass irgendwas zwischen dem Isartor und der Schlossstraße passiert sein muss, was wir noch herausfinden müssen."

Das Telefon klingelte und riss den Kommissar aus seinen Gedanken.

„Ja, Andreas, was gibt's?"

Polizeiwachtmeister Andreas Potschenrieder hatte wieder Innendienst. Der Kommissar und Andreas Potschenrieder kannten sich gut, schon viele Jahre. Man hatte gute und nicht so gute Stunden miteinander verbracht. Aber wie es eben ist im Leben, man erinnert sich meist nur an das Gute. Der Kommissar mochte ihn.

Normalerweise fuhr Andreas Streife, aber am letzten Samstag wurde er in eine Wohnung gerufen, in der ein betrunkener Ehemann bereits seinen Fernse-

her und die Stereoanlage aus dem Fenster im zwölf-
ten Stock geworfen hatte, genau auf den Parkplatz,
wo all die Autos standen und nun auch zertrümmerte
Elektronikteile verstreut herum lagen. Da man im
Hause Angst hatte, dass früher oder später auch die
Ehefrau das Schicksal der Geräte teilen würde, hatte
man die Polizei gerufen. Andreas kannte den Betrunkenen, es war nicht sein erster Einsatz bei dieser Adresse. Dort angekommen, versuchte er zuerst auf
sanfte Art, die Situation zu beruhigen. Aber als dies
sichtlich nicht möglich war, gab er dem Delinquenten
einfach mit seiner Faust eine auf die Nase, die daraufhin natürlich sofort schrecklich zu bluten anfing, was
den Betrunkenen zu der Aussage ermutigte, er würde
nun sogar schon von der Polizei halb tot geschlagen
und wahrscheinlich grauenvoll verbluten. Da der
Schlag auf die Nase jedoch nicht die beabsichtigte
Wirkung des Ruhigstellens erzielt hatte, musste Andreas Potschenrieder noch einmal zulangen. Das
zweite Mal hatte seine erhoffte Wirkung bei dem Betrunkenen, ihm den herzlichen Dank der Ehefrau und
zwei Wochen Innendienst eingebracht. Außerdem
musste er in ein Seminar, um zu lernen, wie man als
Münchener Polizist mit solchen Menschen umzuge-
hen hatte. Der Seminarleiter sagte dann immer nur,
Du schon wieder, und gab ihm die Unterschrift, am
Kurs teilgenommen zu haben.

„Herr Kommissar, ich hab hier jemand, der will
mit Ihnen sprechen. Er sagt, er wäre der Fahrgast von
dem Taxi, in dem sie den Fahrer umgelegt haben."

„Andreas, erstens heißt das nicht umgelegt, sondern getötet, und zweitens bringen Sie ihn einfach zu uns ins Büro."

„Wird gemacht, Herr Kommissar!"

Wenige Minuten später stand ihnen ein gut aussehender Mann in den Mitdreißigern, mit vollem schwarzen Haar, einer griechischen Nase, einem kleinen Schnurrbart und dunkler Haut gegenüber.

„Hier ist der Herr Janovich, Herr Kommissar. Peter Janovich. Ich hab die Papiere schon überprüft, ist alles in Ordnung. Brauchen Sie mich noch? Weil, ich muss doch wieder nach unten."

„Nein, danke, Andreas! Ich glaube, wir können das von hier an übernehmen."

Herr Janovich stand in seinem eleganten Anzug mit glänzend geputzten Schuhen, einem teuren Armani-Mantel auf seinem linken Arm , mitten im Raum und wusste nicht, was er machen oder sagen sollte. Man konnte das Etikett ‚Armani' sehr gut sehen, da Herr Janovich darauf bedacht war, den Mantel so zu halten, dass es nicht übersehen werden konnte.

„Setzen Sie sich, Herr Janovich! Bitte setzen Sie sich doch", sagte der Kommissar höflich und unverbunden. Er war immer total perplex, wenn jemand bei diesem Wetter mit so glänzenden Schuhen bei ihm auftauchte. „Was wollten Sie uns denn mitteilen?"

Peter Janovich setzte sich auf den einzigen Stuhl vor des Kommissars Schreibtisch, legte seinen Mantel auf seinen Schoß, schlug die Beine übereinander und fing an, seine Geschichte zu erzählen.

„Also, Herr Kommissar, ich habe doch in der Zeitung gelesen, dass dieser Taxifahrer umgebracht worden ist, und da war auch ein Bild von ihm in der Zeitung und da habe ich mir gedacht, »Den kennst du doch, das war doch der, mit dem du die paar Meter am Freitag gefahren bist.« Sie müssen wissen, ich war ein bisschen neben mir am Freitag. Sie wissen schon, ich hatte mit ein paar Freunden ein bisschen zu viel getrunken und wollte nach Hause. Dann hab ich das Taxi genommen, eben das mit dem Fahrer, der ermordet wurde, aber nach ein paar Metern hab ich festgestellt, dass ich kein Geld mehr habe, man hatte mir alles geklaut. Können Sie sich das vorstellen, Herr Kommissar? Einfach geklaut haben die mir mein ganzes Geld, mit der Brieftasche! Ich hab meine Brieftasche immer rechts hinten, in der Hose. Und wie ich mich hinsetze, spüre ich, dass meine Brieftasche weg ist. Das heißt, ich spüre eigentlich nichts, wenn Sie verstehen, was ich meine. Deswegen hab ich gewusst, dass sie nicht mehr da war, die Brieftasche, meine ich. Ich hab das dem Fahrer gleich gesagt und da ist er plötzlich stehen geblieben, hat gesagt, ich solle aussteigen und dass er das schon zu oft gehört habe und so. Na ja, wie es halt so ist, nicht wahr? Ich hab ihm noch gesagt, dass ich ihm zu Hause das Geld gebe, aber das wollte er nicht, das hätte er auch schon zu oft gehört. Ja, die Menschen sind schlecht, nicht wahr, Herr Kommissar? Keiner glaubt einem mehr."

„Wo genau sind Sie denn ausgestiegen, Herr Janovich?", fragte Armin, den Herr Janovich bis zu diesem Zeitpunkt total ignoriert und nicht einmal angeblickt hatte.

Herr Janovich drehte seinen Körper ein wenig zur Seite, damit er Armin Staller ins Gesicht blicken konnte.

„Direkt am Isartor, Herr Kommissar, gleich nach der Kreuzung hat er mich rausgeschmissen."

„Also nach dem Ring, da, wo das Pelzgeschäft ist?"

„Ja, genau da. Da, wo das Pelzgeschäft ist."

„Haben Sie noch etwas festgestellt oder so, wie Sie ausgestiegen sind?", fragte der Kommissar.

„Ja, wenn Sie mich das jetzt so fragen. Der Fahrer hatte eine SMS auf sein Handy bekommen und ganz konzentriert drauf geschaut. Aber das ist ja heute nicht mehr ungewöhnlich, nicht wahr?"

„Nein, ist es nicht."

Es entstand eine kurze Pause, in der niemand etwas sagte und jeder sich so seine Gedanken machte.

„Armin, stell sicher, dass wir die Adresse vom Herrn Janovich haben. Wenn wir noch Fragen haben, Herr Janovich, werden wir uns melden."

Damit war Herrn Janovich klar, dass die Unterhaltung zu Ende war und er seiner Wege gehen konnte. Er stand auf, drapierte umständlich seinen Mantel über seinen linken Arm und wollte gehen.

„Warten Sie einen Moment, Herr Janovich, wir rufen den Wachtmeister, der bringt Sie wieder hinaus."

Armin übernahm es, Andreas Potschenrieder zu informieren, der kurze Zeit später auch eintraf, um dem Zeugen wieder den Weg nach draußen zu zeigen.

„Wie sind Sie eigentlich dann nach Hause gekommen, Herr Janovich?", wollte der Kommissar noch wissen, bevor dieser den Raum verlassen sollte.

„Das weiß ich nicht so genau, Herr Kommissar, aber auf alle Fälle bin ich in meinem warmen Bett mit einer hübschen Frau aufgewacht, die ich bis dahin noch nie vorher gesehen hatte. Ich bin dann wieder eingeschlafen, hab bis gestern Mittag geschlafen und die Frau war dann plötzlich weg."

„Passiert Ihnen das öfter?", fragte der Kommissar.

„Was?"

„Dass Sie neben einer Frau aufwachen und nicht wissen, wer sie ist."

„Kommt schon vor, ja, wissen Sie, die Frauen. Sind auch nicht mehr das, was sie mal waren, gell? Ich mein, brav und treu und so."

Es war ihm sichtlich peinlich, aber auch ein bißchen stolz, darüber zu reden. Peter Janovich blickte verdrossen auf seine blank polierten Schuhe.

„Noch eine letzte Frage, Herr Janovich."

„Ja, Herr Kommissar?"

„Wovon leben Sie eigentlich?"

„Import/Export, Herr Kommissar, Import/Export. Alles, was man so braucht. Wenn Sie einmal was brauchen, lassen Sie es mich wissen. Kurze Wege, verstehn's. Lass Ihnen meine Karte da, Anruf genügt."

Damit zog er einige Visitenkarten aus seiner Tasche und legte diese auf des Kommissars Schreibtisch.

„Auf Wiedersehen, Herr Janovich, auf Wiedersehen."

Kapitel 6

„Alibi kann man das ja nicht nennen, was der Herr Janovich uns da erzählt hat."

„Scheint aber zu stimmen, Herr Kommissar, da der Taximeter als letzte Fahrt nur zwei Euro achtzig drauf hatte. Könnte hinkommen, von der Heiliggeistkirche zum Isartor."

Kommissar Wengler konnte nur staunen über die heutige Jugend und wie die mit Beziehungen umging. Als wäre das nur ein Wegwerfprodukt. Innerlich schüttelte er immer wieder den Kopf, äußerlich schien er gefasst. Er machte sich Notizen in seinem kleinen weißen Buch und blickte erst auf, als Armin Staller ihn ansprach.

„Herr Kommissar, ich habe wegen dem Voodoo nachgesehen. Also, wie ich schon gesagt habe, handelt es sich um eine Art Religion. Sie stammt ursprünglich aus Westafrika, hat sich aber in der Karibik und Südamerika, besonders in Haiti, zu dem entwickelt, was sie heute ist, nämlich mehr zu einer Mischung aus Religionen. Hauptsächlich afrikanische, islamische, katholische und indianische Elemente, die von den Sklaven aus Afrika mitgebracht wurden. Es gibt da so um die zweihundert Götter und Geister, und jeder hat eine bestimmte Aufgabe. In Haiti ist das sogar die Staatsreligion. Die Voodoo-Priester sind dort genauso angesehen wie die katholischen. Die dürfen sogar Ehen schließen, taufen und so weiter. Und dann ist da noch dieser Kult mit den Puppen und den Opfern, bei denen vor allem Tiere geopfert werden. Die Puppen werden Personen nachgebildet, denen man etwas antun möchte, was auch immer, und man geht davon aus, dass man der Person wehtut, wenn man eine Nadel in diese Puppe sticht. Ob es hilft, weiß man nicht. Aber wenn man daran glaubt, wird es schon helfen. Dann gibt es noch diese Opferstellen, die von Priestern vor einem Haus aufgebaut werden können und das Haus entweder mit bösen oder guten Geistern bedenken. Wenn man so eine Stelle vor seinem Haus findet, bedeutet das meist, dass jemand einem etwas Böses will, also baut man eine weitere Opferstelle, die diesen Fluch wieder in einen guten umkehrt, und so weiter. Hier wird es dann kompliziert, da nur bestimmte Priester das machen dürfen, diese Opferstellen bauen und so. Und das kostet natürlich auch. Leute, die daran nicht glauben, treten die einfach weg. Aber die, die daran glauben, die haben damit ein ernstes Problem."

„Und was hat das bitte mit unserem Fall zu tun, Armin?"

„Das weiß ich noch nicht, Herr Kommissar. Aber warum hat sich Thomas Marker so eingehend damit beschäftigt?"

Das Telefon klingelte. Die Spurensicherung war am Apparat. Armin Staller stellte das Gespräch auf den Lautsprecher, damit der Kommissar mithören konnte.

„Ihr seid auf Lautsprecher, also benehmen, ja?"

„Also, Armin, wir haben im Computer von Thomas Marker nachgesehen, was es mit dem Kreis im Kalender auf sich haben könnte, und auch etwas gefunden. Der Kreis, der auf jedem zweiten Dienstag im Monat war, ist das Symbol einer Gemeinschaft, die sich ‚Der Kreis' nennt. Wir haben E-Mails gefunden, in denen Marker sich mit Mitgliedern von diesem Klub ausgetauscht hat. Ich schick dir die Namen und Adressen per E-Mail rüber."

„Danke! Und danke auch, dass das so schnell ging! Ist sonst noch etwas Besonderes auf dem Computer?"

„Nicht, dass ich wüsste. Aber wenn mir was auffällt, ruf ich euch an Auf Wiedersehen auch, Herr Kommissar!"

„Halt!", fuhr der Kommissar dazwischen. „Weiß man, was das für eine Gemeinschaft ist?"

„Nein, wir haben nichts gefunden. Keine Webseite oder irgendwelche andere Informationen als eben die Mails. Am besten fragen Sie die Leute, die dazu gehören, die werden Ihnen das schon erzählen, Herr Kommissar."

„Danke für den guten Rat."

„Keine Ursache, immer zu Diensten. Nur fragen."

Damit war das Gespräch beendet, man hörte nur noch ein leises Rauschen, das durch den Druck auf den Lautsprecherknopf auch beendet wurde.

Stille breitete sich aus im Büro, jeder ging seiner Arbeit nach. Ab und zu hörte man ein Zuschlagen einer Tür, Schritte auf dem Gang, ein Telefon vom Nachbarbüro oder Stimmen, die nicht zu identifizieren waren.

Die Arbeit des Kommissars bestand darin, einfach nachzudenken, zu ergründen, was das alles auf sich hatte. Er sah aus dem Fenster, sah wie die Tauben es sich am Fenster gemütlich machten. Das gute Wetter vom Morgen hatte nicht lange gehalten, es fing wieder an, zu regnen. »Ich habe meine verdammten Gamaschen vergessen«, dachte der Kommissar, »also werde ich wieder kalte und nasse Füße kriegen und dann werde ich wieder krank sein, wie jedes Jahr um diese Zeit. Warum wurde ich nur hier geboren und nicht irgendwo, wo man auch leben kann, ohne zu schwitzen oder zu frieren?«

Er dachte an die Zeiten, als er noch jünger war, ihm dieses Wetter nichts ausgemachte und er sich danach sehnte, nach Hause zu gehen. Es gab diese Zeiten, aber die waren lange her und was ihn nun zu Hause erwartete, war das Geschirr von gestern in der Spüle, eingetrocknete Essensreste auf billigen Tellern.

„Herr Kommissar?"

Armin Staller machte Anstalten, sich dem Kommissar gegenüber bemerkbar zu machen.

„Herr Kommissar, geht es Ihnen nicht gut? Brauchen Sie vielleicht ein Glas Wasser oder so?"

Der Kommissar wachte aus seinen Tagträumen auf, sah erstaunt um sich und betrachtete Armin, der etwas nervös auf seinem Stuhl herum rutschte.

„Nein, Armin, ich brauche kein Wasser, und wenn ich was bräuchte, dann eher ein Bier. Ich glaube, ich geh mal rüber zum Augustiner und esse ein paar Weißwürste. Da, wo unser Franz Josef, der Herr sei ihm gnädig, immer gesessen hat und auf die göttliche Eingebung gewartet hat."

„Wer war denn Franz Josef?"

„Armin, das war vor deiner Zeit. Franz Josef Strauß, unser Landesvater für viele, viele Jahre. Das war die Zeit, in der seine Partei bei der Wahl noch um die siebzig Prozent bekommen hat. Einmal, da hat er vergessen, für ein paar Jahre Steuern zu zahlen, er und einige seiner guten Freunde. Ein Schreiberling von einer Zeitung hat das raus gefunden. Dann hat er einfach eine Amnestie erlassen und damit war die Sache geregelt. Von dem Schreiberling hat man auch nie mehr etwas gehört."

„Musste das nicht vom Parlament genehmigt werden, ich meine, das mit der Amnestie?"

„Aber ja. Nur, wer nicht für ihn gestimmt hat, wurde zu dieser Zeit ins Europaparlament versetzt und konnte sich dann den Pinkelbruder anschauen anstatt die Bavaria. Und das war Ermahnung genug. Auch wenn die da oben ein einigermaßen gutes Bier machen, aber wer will da schon wohnen?"

„Was ist mit ihm heute, dem Franz Josef?"

„Der Schlag hat ihn getroffen. Lange her. Beim Jagen, irgendwo in einem seiner Staatsforsten. Und dann haben sie das Bild aufgehängt im Augustiner, wo er immer gesessen hat. Mit einem kleinen schwarzen Band an der Ecke vom Rahmen. Und dort gehe ich jetzt hin."

Damit erhob sich Kommissar Wengler, nahm seinen Mantel vom Kleiderständer, seinen Hut und Schirm, und ging zur Tür.

Die Augustiner Bräustätten waren nur einige Gehminuten vom Polizeipräsidium entfernt, gleich über die Straße, in der Fußgängerzone. Da die Gaststätte lange vor dem Präsidium gebaut worden war, behaupteten böse Zungen, dass die Wahl des Standortes für das Hauptquartier der Polizei kein Zufall gewesen sei.

„Bevor Sie gehen, Herr Kommissar: Wir wissen, wer Thomas Marker die letzte SMS geschickt hat. Es war eine Dorothea Schneider, und wissen Sie, wo die wohnt?"

„Nein, aber das werde ich wohl gleich."

„Schlossstraße Nummer 7."

„Aha! Wusste ich es doch, dass es da eine Verbindung gibt!"

Kapitel 7

Der Anruf aus Brasilien kam kurz nach Mittag. Acht Uhr, dachte sich Armin, als er den Telefonhörer abnahm und die Zentrale ihm sagte, dass ein Anruf aus Übersee durchkommen würde. Man hörte ein leises Knacken, eine kleine Pause entstand, dann meldete sich eine Stimme, die perfekt Deutsch sprach.

„Bernhard hier. Herr Staller?"

„Staller hier, ja. Danke für den Rückruf! Ich bin froh, dass Sie Deutsch sprechen. Ich hätte da ein bisschen ein Problem, Portugiesisch zu sprechen."

„Keine Sorge, Herr Staller, wir sind eine deutsche Firma und die Hälfte der Leute spricht deutsch. Was können wir für Sie tun? Ich habe gehört, dass Herrn Marker etwas passiert ist. Ich hoffe nichts Schlimmes?"

„Ja, doch leider. Er ist ermordet worden."

„Oh, mein Gott! Das ist aber schrecklich! Ich dachte, so etwas passiert nur hier. Aber in München?"

„Ja, auch in München. Deshalb haben wir auch hier eine Mordkommission. Nun aber zu meiner Frage. Sein Sohn, der Manfred Marker, hat uns da etwas von einem Überfall, Mord und Entführung in Brasilien erzählt und wir wollten wissen, was an dieser Geschichte dran ist."

„Wer sollte denn hier ermordet worden sein?"

„Seine Mutter und Schwester. Und sein Vater, der Herr Thomas Marker, sollte entführt worden sein."

„Das mit seiner Mutter kann nicht sein und das mit der Schwester weiß ich nicht. Wenn das wirklich passiert ist, dann nicht hier in Brasilien. Thomas, ich meine, Herr Marker ist entführt worden, ja, aber wir haben ihn nach einem Tag wieder bei uns gehabt. Nichtsdestoweniger ist er dann kurze Zeit später, so etwa nach einer Woche, nach Deutschland zurückgekehrt. Ich kann das verstehen, ich wäre wahrscheinlich auch gegangen. Wir haben Herrn Marker noch eine Abfindung gezahlt und ihn nach Hause geflogen, seinen Umzug und alles übernommen, was man so braucht, wenn man über den Teich zieht. Danach haben wir nichts mehr von ihm gehört."

„Wie lange ist das denn her?"

„Nun, ich würde sagen, etwa zwei Jahre, aber wenn Sie es genau wissen möchten, müsste ich nachsehen lassen."

„War seine Tochter damals noch dabei?"

„Von der Tochter weiß ich nur, dass sie bei einem Verkehrsunfall ums Leben kam, und seine Frau war nicht dabei, die ist doch ein paar Jahre, nachdem Herr Marker nach Brasilien kam, an Krebs gestorben."

„Sie ist nicht bei der Entführung gestorben?"

„Nein, nein, ganz bestimmt nicht. Die Leute haben nur Thomas entführt, ihn in den Kofferraum seines Autos gesperrt, wir haben das Lösegeld bezahlt und noch am selben Abend war das Auto vor der Firma. Der Wächter hat dann den Kofferraum aufgemacht und Thomas freigelassen, das war alles. Wissen Sie, das passiert hier fast täglich, wir sehen darin schon nichts Besonderes mehr, so traurig das auch klingen mag. Die Polizei ist machtlos, oder will nichts tun, wie man das auch immer sehen mag. Manchmal sind die sogar mit dabei, wie bei allem, was nicht so ganz legal ist. Normalerweise geht es diesen Leuten nur ums Geld und wenn sie das haben, lassen sie die Person dann auch wieder frei. Inzwischen gibt es sogar eine Versicherung dagegen. Stellen Sie sich das vor, eine Versicherung, die dann die Freilassung bezahlt!"

„Schöne Zustände sind das, da kann man ja richtig Angst bekommen."

„Ja, das hier ist kein Land für Weicheier, wie man sagt. Ich trage immer eine Pistole mit mir herum, habe ein Gewehr an meinem Schreibtisch, eine Mauer um mein Haus, vier Wächter, die sich gegenseitig ablösen, und bin total alarmgesichert. Mein Auto hat schusssichere Scheiben und hinter mir fährt immer jemand her. Das hilft, ist aber keine Garantie. Es wurden Leute entführt, die noch mehr Personenschutz hatten, als ich ihn habe. Die vom Personenschutz waren ganz einfach mit dabei, was kann man machen?"

„Dann danke ich Ihnen für die Auskunft und ich hoffe, Ihnen passiert nichts!"

„Kann man nie wissen, Herr Staller, aber keine Ursache. Rufen Sie mich an, wenn Sie noch etwas wissen wollen."

„Werde ich tun. Auf Wiedersehen."

Kapitel 8

„Seltsam, Armin, richtig seltsam. Was ist das nur für eine Geschichte? Jemand wird ermordet, sein Sohn erzählt uns eine Räuberpistole, die überhaupt nicht stimmt, die Frau ist nicht mehr auf der Bildfläche, die Schwester scheint auch nicht mehr zu existieren, du erzählst mir was von einer Religion, die Menschen etwas antut, wenn man es richtig anstellt, und wir haben bisher noch mit niemandem gesprochen, der uns auch nur im Mindesten erklären kann, was da vor sich geht."

Der Herr Kommissar kam vom Augustiner sichtlich zufrieden zurück ins Büro, setzte sich an seinen Schreibtisch und als er es sich einigermaßen bequem gemacht hatte, erzählte Armin von seinem Gespräch mit Brasilien.

„Armin, wir müssen noch einmal mit dem Sohn sprechen, unbedingt, und ihn fragen, warum er uns so einen Schmarren erzählt hat."

„Ich glaube, es wäre besser, herauszufinden, wer diese Frau ist, die dem Opfer die letzte SMS geschickt hat. Ich habe ein bisschen nachgeforscht, Herr Kommissar, und der Manfred Marker, der Sohn, der hat gar keine Arbeit. Er lebt dort im Haus und wird, oder besser gesagt: wurde, voll von seinem Vater unterstützt. Ich glaube, wir müssen erst herausfinden, wie das alles zusammenhängt, bevor wir ihn noch einmal befragen, sonst erzählt er uns wieder so einen Blödsinn und wir sind dann keinen Schritt weiter."

Der Herr Kommissar dachte nach. Er sah aus dem Fenster, sah den Tauben zu, die sich die besten Plätze am Fenstersims gegenseitig streitig machten, um sich vor dem Regen zu schützen. Arme Tiere, dachte sich der Kommissar, die haben nicht einmal ein Zuhause.

„Ja, wahrscheinlich hast du recht, Armin. Also, wie können wir die Frau Schneider erreichen?"

„Hab ich schon gemacht. Wir haben die Handynummer im Handy von Thomas Marker gefunden und dort angerufen. Leider war keiner erreichbar, aber ich habe eine Nachricht hinterlassen."

„Wir müssen auch noch mit den Leuten vom ‚Kreis' sprechen. Hast du da jemanden inzwischen, mit dem wir reden können?"

„Ja, Herr Kommissar. Und dort fahren wir jetzt hin."

Kapitel 9

Die Fahrt ging quer durch die Stadt, durchs Isartor und dann vor der Isar rechts in die Ehrhardstraße, zum Europäischen Patentamt.

„Wir treffen uns mit einem Professor Karl Bender, er arbeitet im Europäischen Patentamt und ist derjenige, der mit ein paar Freunden diesen ‚Kreis', wie sie das nennen, gegründet hat. Wir haben seine Adresse und Telefonnummer aus dem Computer von Thomas Marker."

Der Kommissar hörte mehr oder weniger uninteressiert zu. Es war später Nachmittag. Der Regen war wieder stärker geworden, es war alles grau in grau. Tiefe schwarze Wolken hingen am Himmel und es sah aus, als würden alle diese Wolken auf einmal auf den Boden fallen und alles, was sich dort befindet, erschlagen. Einschließlich ihm und ganz München. Man konnte sich nicht vorstellen, dass dahinter alles blau sein könnte, blau, schön, warm, mit sanfter leichter Luft und dem Duft nach Rosen.

Hier und jetzt roch es nach Abgasen, nach Feuchtigkeit, nach Regen und nach schlechtem Essen, das aus den Abluftröhren der Schnellrestaurants kam und keinen Weg hatte, sich nach oben zu verflüchtigen. Alles blieb hier unten hängen, alles, was sonst unsichtbar und unriechbar verschwindet und sich in nichts auflöst. Nein, heute war alles wie in einer Glocke aus Wasser, Gestank und Kälte eingeschlossen. Und dazu kam noch der Verkehr, der jeden Tag immer früher zu einem Chaos wurde.

„Arbeitet eigentlich keiner mehr, sind immer alle auf dem Weg nach Hause?"

Der Kommissar konnte es nicht haben, nur zwei Autos weiter zu kommen, wenn die Ampel auf Grün schaltete. Auch einer der Gründe, warum er aufgehört hatte, selbst Auto zu fahren. Er würde sonst wahrscheinlich irgendwann einmal handgreiflich werden. In letzter Zeit schien sich das Problem noch verschlimmert zu haben, da die Leute in ihren Autos ihre Büros untergebracht hatten, mit Computer, iPad, Tablets und so weiter. Was man eben so zum Überleben braucht im Dschungel der Großstadt. Wenn sie dann bei Rot halten mussten, bearbeitete jeder seine Mails, schrieb SMS, telefonierte, machte also alles, was ihm die Zeit vertrieb bis zum Grün. Und wenn die Ampel umschaltete, machte man einfach weiter, bis der Hintermann hupte und hupte und man endlich begriff, dass es grün war. Dann war es meist zu spät, es schaltete bereits wieder auf Gelb.

Armin Staller beachtete den Kommentar nicht, er hatte das, und viel Schlimmeres, schon zu oft gehört.

Es gab noch einen freien Platz auf dem Besucherparkplatz vom Patentamt. Auch als Polizeidienstwagen muss man ordnungsgemäß parken, wie sich der Kommissar immer auszudrücken beliebte. Wir müssen das Vorbild sein, Armin, das Vorbild in der Welt des moralischen Verfalls.

„Schau dir das an, Armin. Wir haben Schreibtische aus dem Dritten Reich und die haben alles in Marmor.

Das Beste vom Besten, wie es aussieht. Alles für unseren Fortschritt."

Armin Staller achtete nicht auf den Kommentar, als man in das Gebäude trat und schlagartig dachte, in eine andere Welt einzutauchen. Hier war alles vom Feinsten, keine schlechten Gerüche, kein gehetztes Leben, keine gebohnerten Linoleumböden, keine man weiß nicht, wie oft schon in sanftem Lindgrün übermalten Türen wie im Kommissariat. Alles sah so aus, als hätte man gesagt: Nimm das Beste und mach was daraus! Wenn es etwas mehr kostet, macht nichts.

„Herr Kommissar, ich dachte, wir treffen uns in der Kantine. Jemand holt uns ab."

Angekommen an der Rezeption wartete man schon auf die beiden. Eine Dame in den Fünfzigern in einem feinen grauen Streifenanzug, roten Schuhen mit hohen Absätzen, und einer Duftwolke wie in einer Parfümerie in der Fußgängerzone, nahm sie unter ihre Fittiche und fuhr mit ihnen in den letzten Stock des Gebäudes. Man redete nicht während der Fahrt, man lächelte sich viel wissend - oder auch nichts wissend - an. Der Aufzug füllte sich mit dem Geruch nach teurem Parfüm wie ein Ballon mit Treibgas. Egal wie teuer dieses Zeug ist, dachte sich der Kommissar, wenn ich hier nicht bald raus komme, falle ich noch tot um. Tod durch Dior oder so, würde auf dem Totenschein stehen.

Dort oben, über den Dächern von München, war die Kantine, oder wie man es besser nennen sollte: das Restaurant für die Führungskräfte des Patentamtes, der Elite des Patentwesens in Europa.

Die schweigsame, aber höfliche Dame führte beide zu einem Tisch in der Ecke, weit weg vom Geschehen des restlichen Treibens. Obwohl es später Nachmittag war, hatten sich doch einige in der Kantine, die man eigentlich Salon hätte nennen sollen, eingefunden. Wortlos waltete die Dame ihres Amtes, was offensichtlich gesprächslos, finster dreinblickend, aufrecht wie ein Stock, den Oberkörper bewegungslos haltend, gehend, nein, eigentlich schwebend, Leute von ihrem Tisch zu einem anderen Tisch geleitend bedeutete. Sollte das so sein, machte sie ihre Arbeit perfekt.

„Herr Professor Bender, hier sind die beiden Herren, die Sie erwartet haben."

„Danke, Frau Ebenhofer. Sie können nach Hause gehen, ich brauche Sie heute nicht mehr. Es wird ein bisschen dauern."

„Bis morgen dann, Herr Professor. Guten Abend, meine Herren."

Damit stolzierte sie ebenso würdig von dannen, wie sie den Kommissar und Armin in die heiligen Hallen gebracht hatte. Ich würde die gerne mal sehen, wenn sie sich auf ein Sofa lümmelt, ein Bier trinkt und Kartoffelchips isst, dachte sich Armin. Aber das werden diese Menschen wohl nicht machen, die essen keine Chips, außer sie haben eine goldene Chipzange. Und trinken Bier nur aus Champagnergläsern. Und auf die Designersofas kann man sich ohnehin nicht hinlümmeln. Dazu sind die nicht gebaut.

„Guten Tag, meine Herren!", sagte Professor Bender, als sich die beiden an den Tisch gesetzt hatten. Der Blick von diesem Platz aus gab ihnen die Sicht auf die Isar, die Museumsinsel, den Gasteig und weiter unten das Parlament.

Wie schön doch München ist, dachte sich der Kommissar, und fing fast an, ein wenig melancholisch zu werden. Trotz des Wetters war die Aussicht einfach gewaltig. Ein kurzes Lächeln war in seinen Zügen zu sehen, was auch Armin nicht entgehen konnte. Als der Kommissar das bemerkte, fiel er zurück in seine Rolle als strenger Kommissar.

„Wir kommen wegen Herrn Marker, der bei einer Organisation Mitglied war, die sich ‚Kreis' nennt, und in der Sie scheinbar eine wichtige Rolle spielen. Wir wollen etwas mehr über Herrn Marker erfahren, da wir bisher nur immer Dinge gehört haben, die entweder nicht stimmen oder nur zur Hälfte richtig sind. Wir hoffen, bei Ihnen etwas mehr über die Person herauszufinden, wer er war und was er so gemacht hat. Laut seinen Aufzeichnungen war das Treffen Ihrer Gemeinschaft ein wichtiger Teil seines Lebens."

„Ja, Herr Kommissar, es tut mir unendlich leid, was mit Herrn Marker geschehen ist, er war so ein guter Mensch. Ich kann es immer noch nicht glauben und ich hoffe, Sie finden den, der das zu verantworten hat!"

Eine kleine Pause entstand, in der sich Professor Bender scheinbar überlegte, womit er anfangen sollte.

„Möchten Sie einen Kaffee oder so etwas, meine Herren? Der Apfelkuchen hier ist wunderbar. Maria, bringen Sie uns doch drei Kaffee und drei Stück von dem vorzüglichen Apfelkuchen. Sie haben hoffentlich nichts dagegen?", sagte er, wieder den beiden Herren zugewandt.

Maria war unauffällig an den Tisch gekommen, schwarzer, kurzer Rock und weiße Schürze, mit einer kleinen weißen Haube auf dem Kopf, der ihr kastanienbraunes Haar nur noch verschönerte.

Der Kommissar und Armin sahen sich an.

„Danke, Herr Professor, wir nehmen Ihre Einladung gerne an!", meinte der Kommissar und bedeutete Armin, sich auf das Gespräch zu konzentrieren und nicht auf Maria.

„Also, lassen Sie mich erzählen. Herr Marker, oder besser Thomas, kam zu uns vor etwa zwei Jahren, ich glaube, das war die Zeit, als er aus Brasilien zurückkam. Er wurde von einem langjährigen Freund empfohlen, der mit mir und zwei weiteren Herren zusammen diese Gemeinschaft gegründet hatte.

„Warum der Name ‚Kreis', Herr Professor?"

„Dazu komme ich sofort. Wir sind eine Gemeinschaft von Männern, die sich ganz einfach trifft, um die großen Geheimnisse dieser Welt zu ergründen, und herauszufinden versucht, wie unsere Existenz substanziell zu verstehen ist, wenn Sie verstehen, was ich meine. Der Name unserer Gruppe - Kreis - leitet sich von eben dem Kreis ab, der in unseren Augen wohl eines der komplexesten Gebilde der Mathematik ist. Im Prinzip ist es nichts als eine Linie, die um einen Punkt herum geführt ist und von diesem Punkt immer denselben Abstand hat. So einfach das klingt, so kompliziert ist es. Sehen Sie, es gibt bis heute keine

Formel, die diese Fläche dieses so einfach aussehenden Gebildes genau berechnen kann. Alles, was wir können, ist, sie annähernd zu berechnen. Die Zahl Pi, die uns dabei hilft, ist ein anderes großes Geheimnis der Mathematik. Pi ist eine irrationale Zahl, unendlich lang, die keine periodische Nummernkonstellation hat. Man kann also nicht vorhersagen, was die nächsten Nummern sind. Bis heute hat man die Zahl Pi bis auf fünf Billionen Dezimalstellen berechnet. Ist das nicht faszinierend? Es gibt sogar einen Feiertag für diese Zahl, den 14. März, 3.14. nach dem amerikanischen Datumssystem."

Der Kommissar und Armin Staller sahen sich ein bisschen verständnislos an, als wäre es schon etwas verwunderlich, wie sich jemand für eine Zahl begeistern kann, die einem als Schüler auch noch so viele Probleme bereitet hat.

Der Kaffee war inzwischen gekommen und jeder bediente sich an seinem Apfelkuchen, der wirklich zu empfehlen war, wie die Reaktion der beiden Kommissare belegte.

„Ich sehe, meine Herren, dass Sie das nicht sonderlich interessiert. Ich wollte an sich auch nur klar machen, wo unser Name – Kreis - herkommt und was er bedeutet, und bin vielleicht ein wenig vom Thema abgekommen. Ein Beispiel für das, was wir derzeit besprechen, ist die Theorie eines Amerikaners der behauptet, dass unser Universum aus dem Nichts entstanden ist, aus einer Null, wie er das nennt, Die Null-Theorie. Und nicht nur das, auch noch die Theorie, dass nicht nur ein Universum entstanden ist, sondern unendlich viele. Und wir gleichzeitig in jedem dieser

unendlich vielen Universen leben. Es uns also unendlich viele Male gibt, infinitiv."

„Ich möchte gar nicht daran denken, dass es mich
unendliche Male gibt. Mir reicht es einmal, Herr Professor."

„Ich verstehe, Herr Kommissar, ich verstehe. Es
geht uns in unserer Gruppe also wie gesagt nicht um
die Lösung von Problemen, die die Welt beschäftigen,
sondern mehr um die Diskussion. Sehen Sie, jedes
Wort hat Inhalt und Wirkung. Ein Wort ist immer nur
ein Wort, und für jemanden, der die Sprache nicht
spricht, in der es geschrieben ist, eben nur ein Wort,
eine Ansammlung von Buchstaben. Aber für den, der
die Sprache spricht und dieses Wort versteht, der versteht, was dieses Wort sagt, was es ausdrückt, was es
bewirkt, wenn man es schreibt, sagt oder auch nur
denkt. Dann hat dieses Wort auf einmal Inhalt, es sagt
uns etwas. Und das ist uns wichtig: den Worten neben
dem Inhalt auch eine Wirkung zu geben, den Worten
und den Formeln der Welt Leben einzuhauchen, versuchen, sie zu verstehen und damit vielleicht auch die
Welt besser zu verstehen."

„Das klingt alles sehr interessant, Herr Professor,
aber können wir uns nun Herrn Marker zuwenden,
bitte?"

Der Kuchen war mittlerweile aufgegessen, der
Kaffee halb ausgetrunken. Es war Zeit, sich dem
Thema des Besuchs zu widmen. Besonders auch deswegen, weil der Herr Kommissar nicht sehr viel mit
Mathematik und Physik am Hut hatte, wie man so
sagt. Es waren nicht gerade seine Lieblingsfächer in
der Schule gewesen. Um ehrlich zu sein, hatte er sie

gehasst, was sich dann auch in den Noten entsprechend niederschlug. Aber das war lange her. Und es hatte ihm nie geschadet im Laufe seines Lebens, etwas, was er schon damals gewusst hatte. Er meinte immer, »Wozu muss man das wissen, was bringt mir das im Leben?« Und er hatte recht, es brachte ihm nichts, das zu wissen. Oder anders herum: Es schadete ihm nicht, nichts darüber zu wissen.

„Ja, unser lieber Freund Thomas. Er hatte große Probleme mit seinem Sohn, habe ich gehört. Dr. Moser, der Freund, von dem ich Ihnen am Anfang unserer Unterhaltung berichtet habe, hat sich um ihn gekümmert, ich meine, um den Sohn von Thomas."

„Dr. Franz Moser?"

„Ja, der Franz. Kennen Sie ihn, Herr Kommissar?"

„Wohnt der im selben Haus wie Thomas Marker, in Perlach, in der Wolframstraße?" „Ja, die beiden sind immer zusammen zu unseren Treffen gekommen."

Der Kommissar und Armin sahen sich erstaunt an. Irgendetwas ist hier nicht richtig, dachte sich der Herr Kommissar, irgendetwas stimmt hier nicht.

„Danke für die Auskunft, Herr Professor, ich glaube, Sie haben uns sehr geholfen."

„Wo haben Sie sich eigentlich immer getroffen, jeden zweiten Dienstag?"

„Herr Staller, richtig?"

„Ja, Armin Staller."

„Unten, im Patentlokal. Das Lokal unten gleich neben dem Patentamt. Tagsüber ist dort fast nie ein

Platz zu bekommen, da alle, die hier nicht essen wollen oder es nicht für fein genug halten, dort unten hingehen. Abends ist es total leer und wir haben immer den kleinen Nebenraum. Von sieben bis zehn."

Unten war es feiner, dachte sich der Kommissar, und ich dachte, hier ist es, wie in einem der teuren Hotels, die man nur von den Prospekten her kennt. Die sollten einmal unsere Kantine sehen, da würden sie nicht mehr über die Exklusivität reden, sondern nur noch, wie man am besten das Sodbrennen bekämpft. Aber so ist die Welt. Ungerecht eben.

„Danke, Herr Professor, aber ich glaube wir müssen jetzt gehen. Komm, Armin, wir wollen den Herrn Professor bei der Findung der Wahrheit und des großen Warum nicht länger aufhalten."

Alle drei erhoben sich von ihren mit Samt gepolsterten Stühlen, die nur mit Kraft zurückgeschoben werden konnten, da sie sich in den blau weißen Teppich eingegraben zu haben schienen.

„Da haben Sie recht, Herr Kommissar. Irgendwie haben wir dieselbe Leidenschaft: Wir versuchen herauszufinden, wie sich alles zusammenfügt. Sie die ungeklärten Mordfälle und wir das große ungeklärte Universum. Sie werden bei Ihrer Arbeit wohl irgendwann mal Erfolg haben, bei uns ist das nicht so ganz sicher. Auch Einstein hat sein ganzes Leben nach dieser einen Formel gesucht, die alles erklärt, und am Ende zugegeben, dass es wohl keine geben kann. Er meinte, er hätte sein Leben mit einer Idee vergeudet, die sich nicht realisiert hat."

Man schüttelte sich die Hände und ließ den Herrn Professor mit seinem Kaffee, seinem Apfelkuchen und den großen Problemen der Welt - oder auch infinitiven Welten - alleine am Tisch zurück.

Als der Kommissar und Armin weit genug weg waren, dass sie der Herr Professor nicht mehr hören konnte, sagte der Kommissar zu Armin, dass die Größe der Aufgabe wohl auch die Größe des Gehalts bestimme. Man muss nicht unbedingt ein Ergebnis bringen, man muss nur jemanden oft genug sagen, dass man daran arbeite, und darf nicht vergessen, wie wichtig diese Arbeit ist. Der Rest ergibt sich dann schon irgendwie.

„Wenn man genug Leute dann davon überzeugen kann, dass man an einer sehr wichtigen Arbeit dran und dem Ergebnis unheimlich nahe ist, dann ist man sogar bereit, viel Geld dafür auszugeben."

Armin lächelte den Kommissar an und dachte sich seinen Teil.

Man fand auch ohne die Begleitung der Mensch gewordenen Gottesanbeterin den Aufzug und fuhr zurück ins Präsidium. Das heißt, Armin fuhr alleine zurück, der Herr Kommissar nahm die Straßenbahn, trotz des Angebotes von Armin ihn nach Hause zu fahren.

„Wenn ich zu alt bin, die Straßenbahn zu nehmen, lass ich dich das wissen, Armin. Wir sehen uns morgen und dann knüpfen wir uns den Dr. Franz Moser vor. Der wird uns ja hoffentlich etwas zu erzählen haben. Ich glaube, ich habe heute genug von Doktoren und Professoren. Was ich brauche, sind ein heißer

Grog und warme Füße. Verdammt auch, dass ich gerade heute meine Gamaschen vergessen habe!"

Damit trennte man sich, sagte noch »Gute Nacht und bis Morgen!«. Es hatte wieder angefangen, herunter zu tropfen, auch wenn die Tropfen sich noch nicht entscheiden konnten, Regen oder Schnee zu sein. Dass würde sich bald ändern. Es wurde mit jeder Minute kälter und der Wind aus dem Norden frischte auf.

Manchmal um diese Jahreszeit kam der warme Wind von Süden, man nannte das dann den Föhn, mit den berüchtigten Folgen für den psychischen Zustand der Menschen in München. Dieses Jahr kam er jedoch nicht. Die Wärme blieb hinter den Bergen.

Kapitel 10

„Herr Kommissar, wir wissen nun, wer die SMS geschickt hat, oder besser gesagt, wer sie nicht geschickt hat."

Der Kommissar kam missmutig ins Büro, sah Armin streng an und fragte ihn, ob er ablegen könne oder nicht. Er wolle sich nicht wieder dieser Prozedur unterziehen, nur um festzustellen, dass es umsonst gewesen war und er hätte angezogen bleiben können. Besonders bei seinen Gamaschen würde er böse werden, wenn er sie wieder anziehen müsse.

Das Wetter hatte sich über Nacht entschieden. Es sah nicht gut aus für den Regen. Er wurde zu Schnee.

„Nein, Herr Kommissar, wir fahren erst heute Nachmittag zu Dr. Moser. Er hat heute Vormittag mehrere Termine, die er nicht absagen konnte, und wir haben vereinbart, ihn gegen zwei Uhr in seinem Büro aufzusuchen."

„Und was war das mit der SMS? Ich dachte, wir wissen schon lange, wer die geschickt hat."

„Wir nahmen an, dass sie von Dorothea Schneider kam. Aber wir haben endlich mit ihr gesprochen und sie sagte uns, dass sie keine SMS an diesem Tag verschickt habe. Jedenfalls nicht an Thomas Marker."

„Und wo ist diese Frau Schneider?"

„Auf dem Weg nach München. Sie sitzt im Zug von Kassel und wird morgen Früh gegen zehn zu uns ins Kommissariat kommen."

„Wieso ist sie in Kassel?"

„Sie wohnt dort, die Wohnung hier in München ist nur eine kleine Wohnung, wenn sie hier in München ist, so ein- oder zweimal im Monat, sagt sie. Sie habe Geschäfte hier zu erledigen, meinte sie, aber das will sie uns alles morgen genauer erzählen."

„Gut dann, Armin."

Der Kommissar nahm sich sein kleines Notizbuch vor, machte Eintragungen, verglich seine vorherigen Aufzeichnungen, schrieb, dachte nach, schaute aus dem Fenster und redete leise mit sich selbst. Dann nahm er sich seine Zeitung vor, die Süddeutsche, die er am liebsten las, oder besser: die einzige, die er las. Alle anderen Zeitungen schreiben nur ab von der Süddeutschen, sagte er immer. Also warum soll ich dann eine andere Zeitung lesen, wenn ich eh schon alles weiß?

Kapitel 11

Die Praxis von Dr. Franz Moser, Diplompsychologe, lag direkt am Gärtnerplatz, gleich gegenüber dem Theater. Ein alter Bau von Anfang des letzten Jahrhunderts, der in den Siebzigerjahren als Studentenwohnhaus herhalten musste und in den Neunzigerjahren luxussaniert wurde, mit neuem, beigem Anstrich, weiß abgesetzter Stuckatur, doppelt verglasten Scheiben, einem nachträglich eingebauten Aufzug und unerschwinglichen Mieten. Jedenfalls für die normalen Bürger dieser Stadt. Es war seit ein paar Jahren ‚in' - wie man neudeutsch zu sagen pflegt - in dieser Gegend zu wohnen. Dass auch Psychiater und Psychologen in diesem Umfeld gebraucht wurden, lag sicher nicht an den Mieten, sondern eher an den Menschen, die hier einzogen. Es gab genug zu tun, um all die, die hier wohnten und total ‚in' sein wollten, aber nicht immer waren, wieder auf den richtigen Weg zu bringen. Für manche war der letzte Weg dann der in eine Anstalt.

Ein goldfarbenes Schild mit blau eingraviertem Namen wies die beiden Kommissare an, in den zweiten Stock zu kommen, wo man hoffentlich auf sie warten würde. Man musste nicht klingeln, die Eingangstür war nicht verschlossen, was Armin sehr verwunderte. Allerdings nur bis zur nächsten Tür, einer aus Glas und scheinbar ziemlich widerstandsfähig. Dort, an der Seitenwand aus edlem Carrara, hatte man die Namen all derer angebracht, die entweder hier wohnten oder arbeiteten. Je größer das Schild, so größer die Wohnung.

‚Steuerkanzlei Riebe, 4. Stock, Dr. Karl von Reber, Rechtsanwalt, Frau Freifrau…'

„Armin, hör auf, mir die Namen von diesen Leuten vorzulesen. Wir wollen nicht wissen, wer hier wohnt, sondern mit dem Doktor sprechen."

„Aber Herr Kommissar! Dass sind die Namen der Gesellschaft hier in München, die ‚wir sind die wir' Leute, verstehen Sie? Die, die fast jeden Tag in der Zeitung stehen."

„Der Wetterbericht steht auch jeden Tag in der Zeitung und stimmt nicht. Also wird das Zeug, was die über die schreiben, auch nicht stimmen. Lass uns endlich klingeln!"

Armin drückte den goldfarbenen Knopf auf goldfarbener Tafel unter dem Namen des Dr. Franz Moser, Diplompsychologe.

Eine dünne Frauenstimme meldete sich.

„Ihre Namen bitte, meine Herren."

„Armin Staller und Kommissar Wengler, Mordkommission, München. Wieso wissen Sie, dass wir zwei sind?"

„Weil ich Sie auf dem Schirm habe, meine Herren. Drücken Sie bitte leicht an die Tür. Sie wird sich für Sie öffnen."

Ein sanfter Druck genügte und die Tür öffnete sich wie von Geisterhand, leise, fast wie in einem Science-Fiction-Film. Man konnte nur staunen über die Technik. Odyssee 2001 ist Realität geworden.

„Was ist, Armin, hast du noch nie gesehen, wie eine Tür aufgeht?"

„Das schon, Herr Kommissar. Aber nicht, wie eine Tür so aufgeht, wie die. Kein Wunder, dass die Mieten so hoch sind!"

„Woher weißt du, wie hoch die sind?"

„Weil ich hier einmal einziehen wollte."

Der Kommissar sah ihn verwundert an, sehr verwundert.

„Nein, Herr Kommissar, nur ein kleiner Scherz, keine Sorge. Mit meinem Gehalt könnte ich gerade mal die Nebenkosten bezahlen. Ich habe nachgesehen. Steht alles im Internet."

„Im Internet, aha."

Man fuhr, nein, man schwebte, in den zweiten Stock. An der Praxistür angekommen, summte diese leise und gab den Weg frei nach innen. Auf der rechten Seite, hinter einem kleinen Tisch aus Mahagoni, wahrscheinlich einige hundert Jahre alt, saß eine Frau in den fünfzigern, schwarzer, mit weißen Nadelstreifen versehener Anzug, weiße Rüschenbluse, hellblonde Haare, rote Lippen, rosa Wangenknochen und eine randlose Brille. Sie stand von ihrem Stuhl auf, der aus dem Nymphenburger Schloss hätte stammen können, und sah beide Herren mit einem netten Lächeln, das ihre makellosen Perlenzähne zeigte, an.

„Bitte folgen Sie mir, meine Herren. Herr Dr. Moser erwartet Sie bereits."

Damit schritt sie stolz und aufrecht über den dezent roten Samtteppich auf eine Tür zu, die einen Meter höher war als die Zimmerdecke in normalen Wohnungen. Der Holzdielenboden, nur sichtbar an Stellen, an denen er nicht von einem teuren Teppich verdeckt war, knarrte das vergangene Jahrhundert mit jedem Schritt.

„Setzen Sie sich, meine Herren", sagte Dr. Moser, der bereits von seinem Schreibtisch aufgestanden war und die Kommissare an der Tür begrüßte.

Zwei große Fenster, französische Fenster, wie man sie nannte, mit kleinen quadratischen Scheiben, unterbrochen von weißen Streben, schwere samtene Vorhänge, die ein dumpfes Licht im Raum erzeugten, fast so, als wäre es immer gerade Dämmerung. Kleine Lampen auf gedrehten Holztischen machten diese Dämmerung gemütlich und vertrauensvoll. Der weit ausladende Schreibtisch stand halb schräg zur Linken, die Ledersitzgruppe mit einem kleinen Tisch davor zur Rechten. Dort wies Dr. Moser die beiden an, sich zu setzen. Beide nahmen auf der viel zu großen Couch Platz, die man nur am äußersten vorderen Rand benutzen konnte, wollte man nicht total darin versinken und unsichtbar werden.

Der Kommissar fragte sich, wie man die wohl hier in die Wohnung gebracht hatte. Vielleicht hatte man sie hier erst gebaut, was sicher nicht ungewöhnlich war in diesen Kreisen.

„Was kann ich für Sie tun, meine Herren?"

„Herr Dr. Moser", fing der Kommissar etwas gereizt an, „wir waren am Samstag bei Ihnen und Sie haben mit keinem Wort erwähnt, dass Sie mit Thomas Marker befreundet waren. Wir hätten gerne mehr über diese Freundschaft gewusst und wie Ihre Beziehung zu dem Verstorbenen war."

„Herr Kommissar, erst einmal muss ich sagen, dass Sie mir mit keinem Wort auch nur andeutungsweise den Eindruck gegeben haben, Sie wollten etwas über Thomas wissen. Sie wollten den Schlüssel haben, um in seine Wohnung zu gelangen, das war der komplette Inhalt unserer Konversation. Dies einmal beiseite, meine Herren. Ja, wir hatten engen Kontakt, besonders, weil ich mich um seinen Sohn gekümmert habe. Lassen Sie mich erzählen, wie es dazu kam. Bevor ich anfange: Möchten Sie etwas trinken, Kaffee vielleicht?"

Ohne eine Antwort abzuwarten, drückte Dr. Moser einen Knopf auf dem Telefon, das auf dem Couchtisch stand, und fuhr fort.

„Als Thomas vor etwa zwei Jahren die Wohnung in unserem Haus gekauft hat, sind wir ins Gespräch gekommen. Und da ich ihm sagte, dass ich Psychiater sei, fragte er mich bestimmte Dinge wegen seines Sohnes. Ich habe aufgrund dieser Fragen sofort begriffen, dass sein Sohn ein, wenn auch nicht gefährlicher, jedoch kranker junger Mann ist. Ich habe ihn mir angesehen und bin zu dem Schluss gekommen, dass er an einer Art Schizophrenie leidet, oder besser: einer schizophrenen Psychose. Hier stehen affektive Veränderungen, also Veränderungen der Stimmung der Person, Antriebsstörungen und Denkstörungen im Vordergrund. Die Betroffenen werden häufig als verflacht und emotional verarmt beschrieben. Zum Beispiel hat er keine Emotionen gezeigt, als sein Vater, Thomas, entführt wurde. Oft kann man auch einen Entwicklungsknick beobachten: plötzlicher Leistungsabfall in der Schule, Abbruch sozialer Beziehungen, auffallende Antriebslosigkeit oder Isolierung. Aufgrund dieser Symptome ist die Abgrenzung dieser Krankheit von üblichen, nicht krankhaften Pubertätsschwierigkeiten nicht einfach. Den Erfolgsaussichten auf Heilung dieser Krankheit werden jedoch eher ungünstige Prognosen zugesprochen.

Im Anfangsstadium einer Schizophrenie – meist entwickelt sich die Erkrankung über einen längeren Zeitraum – wird der Patient nicht nur für seine Umgebung auffällig. Er spürt unterschwellig auch, dass er sich verändert hat, dass Leistungseinbußen aufgetreten sind. Häufig geht dies mit depressiven Symptomen einher und so mit einem Krankheitsgefühl. In diesem Stadium kann die notwendige Krankheitseinsicht vermittelt werden, was später, hat sich erst einmal ein Wahn verfestigt, im ärztlichen Gespräch nicht mehr möglich ist. Nur im Anfangsstadium hat der Arzt die Möglichkeit, den Patienten sachlich und mit Zuwendung über seine veränderte Befindlichkeit aufzuklären. Die wissenschaftliche Diagnose muss zu Behandlungsbeginn offen ausgesprochen werden, wenn der Behandler für den Patienten glaubwürdig bleiben will. Dabei sind Beschämung und Widerstand des Patienten gegen die Diagnose einzukalkulieren, mit der Konsequenz, ihn sogleich zu entlasten durch die Versicherung, dass ihn die Erkrankung schicksalhaft trifft, dass er sie nicht verschuldet hat und weiter, dass die Heilungschancen heute gut sind, wenn er sich behandeln lässt.

Im Fall von Manfred Marker, war es leider schon

zu spät. Er hatte dieses erste Stadium bereits hinter sich gelassen und damit war die Behandlung so gut wie nicht mehr möglich. Er hat auf rationale Gründe und Erklärungen nicht mehr reagiert. Wir haben dies noch ein paar Wochen vor dem schrecklichen Tod von Thomas besprochen und ich habe Thomas geraten, Manfred in eine Klinik einweisen zu lassen."

„Wie bekommt man solch eine Krankheit, Herr Doktor?", fragte Armin.

Der Kommissar versuchte die gesamte Zeit, sich etwas von dem, was er hörte, mitzuschreiben, wenn er auch, zugegebenermaßen, nicht viel davon verstand. Es war auch nicht so sehr von Bedeutung, ob er nun die medizinischen Zusammenhänge zur Völle verstand oder nicht. Es war ihm wichtig, zu erfahren, wie dies mit dem Fall zusammenhing, den er gerade bearbeitete. Wenn es denn einen Zusammenhang gab. Auch hatte es ihn stutzig gemacht, dass Manfred Marker bei ihrem Treffen manchmal sonderbar abwesend war. Dafür gab es also eine Erklärung.

Inzwischen war auch der Kaffee angekommen, in kleinen, französischen Tassen mit vergoldeter Innenseite und kleinen goldenen Löffeln. Die unnahbare Dame im Nadelstreifen schenkte ein, ließ noch ein paar trockne Plätzchen auf dem Tisch und entschwebte so leise, wie sie gekommen war.

„Ja, Herr…"

„Staller"

„Ja, Herr Staller, das kann sehr schnell gehen. Häufig sind es besonders belastende und veränderungsträchtige Lebenssituationen, etwa Auszug aus dem Elternhaus, Heirat, Arbeitsplatzwechsel, Renteneintritt, Todesfall in der Familie usw. Zusammenfassend bezeichnet man diese als ‚belastende Lebensereignisse'. Wie Sie sehen, bedarf es keines großartigen Ereignisses, um diese Krankheit auszulösen. Ich denke jedoch, dass es bei Herrn Manfred Marker der Tod seiner Schwester war, die bei einem Autounfall ums Leben gekommen ist. Der zweite Grund könnte der frühe Tod seiner Mutter gewesen sein, die bedauerlicherweise an Krebs starb, als er noch sehr jung war. Die beiden hatten eine sehr enge Beziehung und das könnte wohl der Auslöser gewesen sein. Aber Genaues weiß man natürlich nicht, da die Patienten nicht mit sich reden lassen und einem keine Auskunft darüber geben. Man muss das selbst herausfinden und ganz einfach bestimmte Dinge annehmen. Ich hatte auch nicht genug Zeit, mich intensiv um Herrn Marker zu kümmern."

„War sonst noch irgendetwas, was uns in diesem Fall weiterhelfen könnte? Bisher haben wir nur erfahren, dass Thomas Marker ein Problem mit seinem Sohn hatte. Gibt es noch mehr, was wir wissen sollten?"

Der Kommissar war nicht zufrieden mit dem Vortrag des Dr. Moser, er wusste noch nicht, was er damit in diesem Fall anfangen konnte. Bisher hatte er das Gefühl, alles ging an ihm vorbei.

„Ja, Herr Kommissar, es gab noch etwas, was nicht ganz in das Krankheitsbild passt, aber vielleicht entscheidend ist. Manfred Marker ging nachts auf Raubzüge, brach in Wohnungen, Häuser und

Geschäfte ein, nahm die Sachen mit ins Haus und wenn er morgens dann aufwachte, wusste er nicht, wo diese Sachen hergekommen waren. Das kann zwar auch krankhaft sein, aber ist mehr dem Schlafwandeln zuzuordnen, nicht der Schizophrenie. In diesen Fällen können diese Menschen sehr wohl aufstehen, das Haus verlassen, bestimmte Dinge tun, zurück ins Bett gehen und wissen dann von alledem nichts, wenn sie aufwachen. Wenn Manfred solch eine Episode wieder hinter sich hatte, rief der Mitbewohner, dieser Herr…"

„Herr Binder", half der Kommissar weiter, als er sah, dass Dr. Moser nach dem Namen suchte.

„Ja, ich denke, so hieß er. Rief dieser Herr Binder also Thomas an und Thomas ist zu seinem Sohn gefahren, hat alles in sein Auto geladen und ist dann zur Polizeiwache gefahren, um alles dort abzugeben. Man kannte ihn dort schon und wenn die Bestohlenen dann Anzeige erstatten wollten, da sie des Nachts bestohlen worden waren, bekamen sie ihre Sachen wieder zurück. Natürlich machten diese Leute dann keine Anzeige, und da niemand geschädigt war, wurde also auch niemand festgenommen. Selbstverständlich hat dies alles Thomas sehr beschäftigt und psychisch mitgenommen, wahrscheinlich mehr, als wir das wussten. Er war ein sehr intelligenter Mann, müssen Sie wissen, sehr gebildet und belesen, deshalb habe ich ihn auch in unseren Kreis eingeführt, den Sie ja mittlerweile auch kennen gelernt haben."

„Haben wir, Herr Doktor. Sie müssen uns nicht mehr erklären, was Sie dort machen, das hat Herr Dr.

Bender uns schon zur vollen Zufriedenheit auseinandergesetzt."

Sollte Dr. Moser wegen dieses Kommentars beleidigt gewesen sein, sah man es ihm auf keinen Fall an. Er lächelte nur etwas verlegen, nahm seine Tasse und einen Schluck Kaffee.

„Armin, möchtest du noch etwas wissen, bevor wir gehen?"

„Ja. Herr Doktor, wissen Sie vielleicht, welche Sachen das so waren, die Manfred Marker in den Nächten so angesammelt hat?"

„Genaues weiß ich nicht, aber das wird wohl die Polizeiwache in Trudering wissen. Ich denke, es waren mehr so Sachen wie Schmuck, Silberwaren, Bilder und solche Dinge, die man schnell und einfach in Tüten packen kann, ohne dass es groß auffällt. Das einzige, was ich weiß, dass es das letzte Mal sehr schwierig gewesen zu sein schien, da Thomas nicht wusste, was er machen sollte. Er hat mir das gezeigt, was er im Kofferraum hatte, und es sah aus wie Drogen. Grüne Pakete, etwa so groß wie Ziegelsteine. Wir haben eines mit einem Messer ein wenig aufgemacht und festgestellt, dass das wirklich Heroin war. Er wollte das von mir wissen, da er keine Ahnung hatte, wie dieses Zeug schmeckte. Ich konnte ihm nichts raten, da das für mich ein Gebiet ist, mit dem ich noch nie konfrontiert worden war und es auch nicht unbedingt möchte, aber ich glaube, er wollte alles irgendwo entsorgen, da er sich dachte, dass diese Leute nicht auf die Polizeiwache gingen, sondern mehr andere Wege beschreiten würden, um dieses Zeug zurückzubekommen, womit er mit

Sicherheit recht hatte."

Diese Aussage ließ Kommissar Wengler aufhorchen. Endlich gab es etwas, was in eine Geschichte passte, die bisher verschwommen, undurchsichtig und sinnlos erschien. Endlich gab es einen Anhaltspunkt für ein Motiv, etwas, was man nachverfolgen konnte. Das für den Kommissar frustrierendste war an diesen Fällen immer, dass sie irgendwie keinen Sinn ergaben, dass Menschen getötet wurden, die bis zu diesem Zeitpunkt völlig unbescholten und unauffällig gelebt hatten. Auf einmal waren sie dann in den Mittelpunkt eines Konflikts geraten und die Außenstehenden wussten nichts damit anzufangen.

„Wir haben keine Spuren von Drogen im Wagen gefunden, Armin, nicht wahr?"

„Ich werde die Spurensicherung nochmal befragen, aber ich glaube nicht. Wir haben auch nicht gezielt danach gesucht, warum hätten wir?"

Der Kommissar hatte noch seine Aufzeichnungen in seinem kleinen weißen Buch zu vervollständigen, danach stand er auf – wenn es ihm auch schwerfiel, sich aus diesem tiefen Ledergemach zu erheben. Dies war sein Zeichen, dass alle anderen auch aufzustehen hatten. Das Gespräch war beendet. Er hatte genug gehört, hatte einen Anhaltspunkt gefunden, an dem man weitermachen konnte.

„Herr Dr. Moser, vielen Dank für Ihre Ausführungen! Und wenn wir noch etwas wissen wollen, werden wir uns melden."

Damit reichte der Kommissar Dr. Moser seine

Hand, verabschiedete sich und schritt langsam zur Tür, die sich leise und automatisch wie von Geisterhand vor ihm öffnete. Auch Armin hatte sich erhoben, sich mittlerweile verabschiedet, noch seine Visitenkarte hinterlassen und Herrn Dr. Moser seinen Dank ausgesprochen.

„Ach ja, Herr Kommissar, da war noch etwas", sagte Dr. Moser, als die beiden den Raum verlassen wollten.

„Nichts Wichtiges, aber Thomas hat davon gesprochen, dass sein Sohn ihn irgendwie verfluchen wollte, wie er es ausdrückte. Er habe ihn mit einem Voodoo-Fluch belegt. Thomas hat sich zwar daraufhin intensiv mit diesem Thema beschäftigt, aber ich bezweifle, dass er es sehr ernst nahm. Wir haben uns kurz darüber unterhalten, und ich denke, dass es mehr ein Aberglaube ist als eine Religion. Aber dieses Urteil möchte ich lieber anderen überlassen, die weit mehr davon verstehen als ich. Ich weiß nicht, ob es wichtig ist, aber ich wollte es nicht unerwähnt lassen."

Leise vor sich hin redend und leicht den Kopf schüttelnd, ging der Kommissar an der Statue im Nadelstreifen vorbei, die geschäftig in ihrem Polsterstuhl aus dem letzten Jahrhundert saß und nicht aufblickte, sagte noch ein leises Danke und Auf Wiedersehen, bevor sich auch die nächste Tür mit einem leisen Summen vor ihm öffnete. Er nahm seinen Mantel vom Kleiderständer, warf ihn über seinen Arm und ging.

Es hatte wieder angefangen, zu schneien, leise Flocken, die sich taumelnd ihren Weg auf den Boden suchten, um dort mit den anderen zu verschmelzen. Was für eine Verschwendung der Natur, dachte sich der Kommissar, erst sich eine dieser grazilen Formen einfallen zu lassen und dann einfach verschmelzen.

„Ich nehme die U-Bahn, Armin, wir sehen uns morgen. Ich habe genug Weisheit in meinen Kopf geschüttet bekommen, es reicht mir für heute."

„Verstehe, Herr Kommissar, kein Problem. Einen schönen Abend dann auch."

Kapitel 12

Als der Kommissar am nächsten Morgen ins Büro kam, saß Dorothea Schreiber bereits auf dem Stuhl, ihren Lodenmantel über ihrem Schoß, und unterhielt sich angeregt mit Armin Staller. Den Trachtenhut hatte sie noch auf dem Kopf, ihr blass rosa bayerisches Seidentuch mit eingewebtem Löwen geschmeidig um den Hals drapiert.

„Herr Kommissar, das ist Frau Schneider, die Bekannte von Thomas Marker."

Der Kommissar sah sie streng an, machte eine Bemerkung, die sich wie »Guten Morgen« anhörte und vertiefte sich sodann in sein tägliches Winterritual, sich seiner Schichten von Kleidung zu entledigen.

„Wir haben auf Sie gewartet, Herr Kommissar, damit Frau Schneider nicht alles zweimal erzählen muss."

Frau Dorothea Schneider war etwa Ende vierzig, schwarzes, mittellanges Haar, ein ovales Gesicht mit kleiner Nase und eng zusammenliegenden, grünen Augen. Sie hatte einen Trachtenanzug aus feinem Loden an, man sah, dass sie an Kleidung nicht sparen musste. Das Gesicht war übermäßig geschminkt, als hätte sie etwas darunter zu verbergen. Es war dem Kommissar immer etwas verdächtig, wenn eine Frau die Schichten mehrfach übereinander gelegt hatte. Manchmal, dachte er sich, wollte er gerne einmal so eine Frau morgens sehen, unbemalt, rein, frisch, wie von Gott geschaffen. Dann, in der nächsten Sekunde, verwarf er diesen Gedanken wieder. Wahrscheinlich hätte ihn nur der Schlag getroffen und davon hätten beide Parteien nichts gehabt.

Er lächelte ein wenig bei diesem Gedanken und seinen Alpträumen. Gut, dass niemand wusste, warum er lächelte. Und schon gar nicht Frau Schneider, die ihn irgendwie von oben bis unten musterte.

„Also, Frau Schneider, lassen Sie hören, was Sie uns erzählen wollen. Vielleicht fangen wir damit an, was Sie so machen und in welcher Beziehung Sie zu Herrn Marker standen, wo Sie wohnen und so weiter. Das Übliche eben."

Frau Schneider setzte sich im Stuhl zurecht, als wäre er zu heiß, um darauf zu sitzen.

„Gerne, Herr Kommissar. Also ich bin Beraterin für das obere Management, oder wie man im Neudeutschen sagt Personal Coach. Wissen Sie, immer wenn jemand in den oberen Etagen nicht mehr weiter weiß und irgendein Problem hat, ruft man mich an und ich gebe ihm Ratschläge, wie er diese Situation meistern kann. Natürlich wissen diese Manager das alles selbst, aber die brauchen immer jemanden, der ihnen das sagt. Oder der ihnen ganz einfach einmal zuhört, ohne Angst zu haben danach entlassen zu werden."

„Und dafür wird man bezahlt?", fragte der Kommissar, der sich mittlerweile bequem in seinem Stuhl zurückgelehnt und die Hände über seinem Bauch gefaltet hatte.

„Und das auch noch sehr gut! Meine Preise liegen

bei achthundert Euro die Stunde, und das ist noch günstig. Andere verlangen viel mehr, aber mir reicht das. Meine Kundschaft ist hauptsächlich in Norddeutschland, aber ich habe auch hier in München so alle zwei oder drei Wochen zu tun. Deshalb habe ich ein kleines Apartment in der Schlossstraße, Nummer 7. Wie Herr Staller mir sagte, ist Thomas vor diesem Haus ermordet worden, richtig?"

Der Kommissar hatte sich aufgerichtet, sein kleines, weißes Notizbuch aufgeschlagen und eine neue Seite angefangen. Eintrag, Verhör Frau Dorothea Schneider. Er hörte nur am Rande zu, machte sich Gedanken, was da kommen werde, und war gespannt auf die nächsten Halbwahrheiten und Fastwahrheiten, mit denen er jeden Tag konfrontiert wurde. Herauszufinden, was nun dem Fall dienlich und wie viel erfunden oder richtig war, lag gänzlich an ihm. Irgendwie hatte er das Gefühl, dass diese Frau Schneider so unecht war, wie ihr Gesicht. Aber das war nur ein Gefühl. Seine langjährige Erfahrung sagte ihm das, und er hatte sich bisher nicht oft geirrt.

„Ja, Frau Schneider, das ist im Prinzip richtig. Fahren Sie bitte fort."

„Nun ja, als ich mal nach München kam, und ich komme immer mit dem IC, hat mich Thomas mit seinem Taxi vom Hauptbahnhof in meine Wohnung gefahren. Da er mir sehr sympathisch war und eigentlich gar nicht so aussah wie ein Taxifahrer, und noch dazu sehr intelligent redete, haben wir uns sehr gut unterhalten. Wir sind sogar in ein Kaffee gegangen und haben ein kleines Bier getrunken damals, bei unserem ersten Treffen. Ich habe ihm dann meine Karte gegeben und er mir seine, und wir haben vereinbart, dass, wenn immer ich nach München komme, er mich vom Bahnhof abholt und wir ein paar Stunden miteinander verbringen."

Bei den letzten Worten wurde sie ein bisschen leiser als sie vorher war, und wenn man die Schminke hätte abnehmen können, hätte man einen rötlichen Farbton auf ihren Wangen entstehen sehen können. Aber dies war nicht der Fall, das mit der Schminke, die Farbe blieb kleben. Also sah man nicht, wie sie rot wurde.

„Wie sollen wir das verstehen, Frau Schneider? Haben Sie ein Verhältnis mit Herrn Marker gehabt? Haben Sie mit ihm geschlafen?"

„Ja, Herr Kommissar, so nennt man das wohl. Ich bin nicht verheiratet und habe auch so meine Bedürfnisse und es ist ja auch nicht verboten, ein Verhältnis zu haben, nicht wahr? Es war auch ein bisschen mehr, als nur so eine flüchtige Bekanntschaft. Wir hatten sogar vor, irgendwann einmal zusammenzuziehen, wenn wir uns ein bisschen näher kennengelernt hätten."

„So, hatten Sie vor? Wann sollte das denn der Fall sein?"

„Keine genauen Pläne, Herr Kommissar, nur so eine Idee."

Auf einmal klang sie verlegen, das Selbstbewusstsein, mit dem sie am Anfang ihre Aussage gemacht hatte, war wie verflogen. Irgendetwas stimmte da nicht, aber das werden wir schon noch herausbekommen, meine liebe Frau Schneider, dachte sich der Kommissar.

„Frau Schneider, es ist nicht verboten, ein Verhältnis zu haben, ganz und gar nicht. Aber es kommt darauf an, wie dieses Verhältnis ist und was daraus wird. Wann haben Sie denn das letzte Mal mit Herrn Marker gesprochen?"

Frau Schnieder überlegte.

„Es muss so zwei Tage vor seinem Tod gewesen sein, es war ein Mittwoch. Ich weiß das, da ich mittwochs immer mit meinen Freundinnen Karten spiele. Danach habe ich ihn angerufen, so gegen neun Uhr abends."

„Und über was haben Sie sich unterhalten?"

„Allgemeines, so das Übliche. Er hat mir erzählt, dass sein Sohn wieder auf einem dieser nächtlichen Umzüge war, wie er es nannte. Ich denke, Sie wissen, wovon ich rede?"

„Ja, Frau Schneider, das wissen wir", bemerkte Armin, da er sah, dass der Kommissar nur mit halbem Ohr zuhörte und sich immer mehr um sein kleines, weißes Notizbuch kümmerte.

„Das mit den nächtlichen Umzügen machte ihm schwer zu schaffen. Immer waren es nur belanglose Dinge, wie Schmuck oder Silbersachen und so, aber dieses Mal schien es mehr gewesen zu sein. Er dachte, es wären Drogen, und wollte damit dann doch nicht zur Polizei. Ich habe ihm geraten, es einfach wegzuschmeißen. Aber er meinte, die, denen es gehört, würden nie mehr Ruhe geben, bis sie es zurückbekämen. Und er wisse nicht, ob man Manfred erkannt habe oder nicht. Es war eine verzwickte Situation."

„Das war es wohl. Und wir nehmen an, dass sein Tod vielleicht irgendetwas damit zu tun hat" meinte Armin, der scheinbar mehr Verständnis für Frau Schneider aufbringen konnte als der Kommissar.

„Sie kennen seinen Sohn also, und auch seine Geschichte?", fragte der Kommissar, der sich Zeit nahm, von seinem Notizbuch aufzublicken. In Wirklichkeit hatte er nie aufgehört zuzuhören, klinkte sich aber manchmal aus, nur um das vorher Gesagte zu verarbeiten und in den richtigen Kontext zu bringen.

„Ja, armer Junge. Aber Thomas hat sich immer gut um ihn gekümmert. Er war ein guter Vater."

Der Kommissar lehnte sich in seinem Stuhl zurück und betrachtete Frau Schneider eindringlich, etwas, was Frau Schneider ziemlich unruhig machte. Sie rutschte auf ihrem Stuhl hin und her, zog den Rock nach unten, zupfte an ihrer Jacke und richtete sich den Seidenschal. Man hätte annehmen können, dass sie unter der Farbe zu schwitzen angefangen hatte.

Armin betrachtete das Spiel von seinem Platz aus und dachte bei sich, dass dieser Kommissar wohl etwas wisse, was er noch nicht wusste. Manchmal spielte der Kommissar mit seinen Kunden, wie er sie nannte, wie eine Katze mit einer Maus. Es machte ihm Spaß, sie wissen zu lassen, dass das, was sie erzählten, nur die Hälfte dessen war, was er schon wusste. Es machte ihm Spaß, sie zu verwunden, um sie dann am Ende vollends zur Strecke zu bringen. Wie die Katze die Maus.

„Jetzt, da Herr Marker tot ist, wer bekommt eigentlich sein Vermögen? Wissen Sie das, Frau Schneider?"

Frau Schneider blickte auf ihre roten Schuhe, die eine goldfarbene Spange und goldfarbene Ränder an der Sohle hatten, und wollte scheinbar dazu keine Auskunft geben. Sie biss sich auf die Lippen und blieb still, dachte nach, runzelte die Stirn und senkte ihren Blick.

„Ich sage es Ihnen, Frau Schneider. Ich habe heute, bevor ich ins Büro kam, einen Termin mit Dr. Bergmüller gehabt, dem Notar in der Sonnenstraße, bei dem Sie und Herr Marker vor zwei Wochen waren, um das Testament des Herrn Marker zu ändern. Bis zu diesem Zeitpunkt war der Sohn der Alleinerbe seines nicht geringen Vermögens, und von diesem Tag an waren Sie es. Sie sollten nur dafür sorgen, dass es seinem Sohn es an nichts fehlte, wenn er einmal nicht mehr da sein sollte."

„Gegenseitig, Herr Kommissar, wie haben uns gegenseitig alles vermacht."

Es schien, als wäre Frau Schneider von ihrer Trance erwacht.

„Einschließlich einer hohen Lebensversicherung, die zugunsten beider abgeschlossen wurde. Auch das wissen wir. Nur von Gegenseitigkeit kann ja nicht mehr die Rede sein."

„Das ist nicht verboten, Herr Kommissar. Es ist jedem selbst überlassen, wem er sein Vermögen vermacht."

„Sehr richtig, Frau Schneider. Nur in diesem Fall sprechen wir von einem einseitigen Geschäft, einem Vermögen, das Herr Marker hatte. Sie haben scheinbar nichts als Schulden und große Ausgaben. Wir haben Ihre Bankkonten überprüft und Sie können nicht sagen, dass Sie gerade sehr flüssig sind."

„Kurzfristiger Engpass, Herr Kommissar. Die Geschäfte laufen derzeit nicht sehr gut, das müssten Sie eigentlich auch wissen. Sie lesen doch die Zeitung, wie ich sehe."

Plötzlich hatte Frau Schneider ein wenig ihres Selbstvertrauens wiedergefunden, das bis zu diesem Moment total abhandengekommen zu sein schien. Ihre Antworten waren wieder etwas lauter, etwas bestimmter. Sie konnte dem Kommissar auch wieder in die Augen blicken.

„Noch etwas, Frau Schneider. Sie waren einmal verheiratet, ist das richtig?"

„Ja, aber mein Mann ist vor vier Jahren plötzlich gestorben. Herzversagen. Er war viel zu jung dafür, aber was kann man schon machen? Es lag wohl in der Familie. DNA und so."

„Auch er hatte eine große Lebensversicherung, von der allerdings nicht mehr viel da zu sein scheint. Danach haben Sie Ihren Mädchennamen wieder angenommen, richtig?"

„Ja, Schneider ist mein Mädchenname."

„Und Ihr verstorbener Mann hieß Binder, Stefan Binder. Ist das richtig?"

Der Kommissar hatte jedes Mitgefühl, sollte es jemals vorhanden gewesen sein, über Bord geworfen und wollte nur noch die Wahrheit wissen. Er wollte nicht mehr der Spielball einer Person sein, die wohl mehr zu verbergen hatte als ihr Gesicht.

„Ja, warum fragen Sie, wenn Sie ohnehin schon alles wissen?"

"Weil Sie mir bitte erklären sollen, warum ein gewisser Herr Gerhard Binder in demselben Haus wohnt wie Manfred Marker."

Kapitel 13

Kommissar Wengler hatte am vorigen Abend noch einmal den Terminkalender durchgesehen, den er von der Wohnung des Ermordeten mitgenommen hatte. Er war sich damals sicher, dass er etwas finden würde, früher oder später. Man findet immer irgendetwas im Terminkalender. Leute schreiben alles Mögliche dort hinein, manchmal liest es sich wie ein Tagebuch. Fügt man die einzelnen Daten und dazu eingetragenen Ereignisse in chronologischer Reihenfolge zusammen, kann sich ein ganzes Leben vor einem eröffnen. Er hatte in seiner Amtszeit dies schon mehrmals erlebt, hat gesehen, dass Menschen doppelte Leben führten, dass sie manchmal nur Termine hineinschrieben, um irgendetwas geschrieben zu haben, nur damit andere denken, sie wären einer der gefragtesten Menschen auf diesem Planeten.

Am meisten wurden diese Kalender verwendet, wenn man mehrere Beziehungen koordinieren musste. Das hatte nicht nur einmal zur Aufklärung eines seiner Fälle geführt.

Nur ein Fall war sehr seltsam gewesen. Er hatte einmal einen Mord zu untersuchen, bei dem sich letztendlich herausstellte, dass die Ehefrau ihren Mann mit Zyankali umgebracht hatte. Als Grund gab sie Eifersucht an, krankhafte Eifersucht, die sie einfach nicht mehr rational denken und handeln ließ. Die Eifersucht war dadurch entstanden, dass sie, mehr aus Zufall als Neugierde, den Terminkalender ihres Mannes gelesen hatte, in dem an mehreren Tagen immer wieder derselbe weibliche Name stand. Dann nach ein paar Wochen andere Namen, und so fort. Sie war sich sicher, dass dies seine Geliebten waren, und hatte deshalb beschlossen, ihren Mann umzubringen. Wie sich später herausstellte, waren diese Namen frei erfunden, keine einzige Adresse hatte gestimmt oder waren teilweise nicht einmal vorhanden. Der Mann hatte sich das ausgedacht, um seinen Kollegen zu imponieren, da er wusste, dass diese immer wieder in seinen Kalender schauten. Nur so, ohne triftigen Grund. Er fand es aufregend, als Schürzenjäger betrachtet zu werden. Er wollte nicht zurückstehen, sondern auch diese aufregenden Affären haben, wie sie alle hatten, mit denen er sich unterhielt und für die diese das Thema Nummer eins war. Besonders seine Sekretärin war in dieser Richtung stark engagiert. Sie hielt auch nicht damit zurück und fand es wichtig, diese Namen und damit seine angeblich neuen Errungenschaften allen denen, die es wissen wollten – und auch denen, die kein Interesse daran hatten – mitzuteilen. Nicht, ohne besondere Details dazu zu erfinden, was alles noch ein wenig schmackhafter machte. Das hatte letztendlich zwei Menschen das Leben gekostet, da sich die Frau, nachdem sie die wahren Umstände der Eintragungen erfahren hatte, in ihrer Zelle erhängte.

Im Fall Thomas Marker hatte der Herr Kommissar einen Eintrag zehn Tage vor seinem Tod gefunden, der besagte:

- Notar Dr. Bergmüller, Sonnenstraße 18, zweiter Stock, links; benachrichtige Thea, 9 Uhr -

Das war ihm seltsam vorgekommen, er wusste nicht, warum Thomas Marker diesen Eintrag gemacht hatte. Da die Dienstzeit noch nicht rum war, hatte er in der Kanzlei angerufen und für den nächsten Morgen einen Termin bei dem Notar ausgemacht. Die Stimme am Telefon war nicht sehr erfreut über diesen außergewöhnlichen Termin gewesen, aber als er ihr gesagt hatte, dass man den Herrn Notar morgen Früh auch ins Präsidium in die Ettstraße bestellen könne, hatte sie nachgegeben und ihn schweren Herzens dazwischen geschoben.

Der Kommissar wollte wissen, was es mit diesem Termin auf sich hatte. Man geht zum Notar nur, wenn man muss, das heißt, wenn man etwas schriftlich vereinbaren möchte, was nicht mehr, oder nur sehr schwer, wieder geändert werden kann. Da Frau Dorothea Schneider mit einbezogen war, nahm er an, dass die beiden einen Vertrag oder Ähnliches machen wollten. Warum sonst würde man sich bei einem Notar treffen?

Nachdem er den Termin mit dem Notariat vereinbart hatte, rief er Armin an und berichtete ihm von seiner Entdeckung im Kalender und seinem Termin am nächsten Tag. Er solle morgen schon einmal mit dem Gespräch mit Frau Schneider anfangen, er wisse nicht, wie lange es dauern würde und wann er ins Büro käme. In der Zwischenzeit solle er bitte Informationen über Frau Schneider einholen, wo sie wohnte, was sie so machte, ihren Kontostand, polizeiliches Führungszeugnis und eben alles, was man so wissen wollte, wenn man jemandem ein wenig auf den Zahn fühlte. Wenn der Zahn dann faul war und wehtat, hatte man etwas, worauf man ein wenig drücken konnte. Nichts ist schlimmer, als Druck auf einen verfaulten Zahn, der Kommissar wusste das zu Genüge aus eigener Erfahrung. Bei Verhören hat das schon oft geholfen, die Wahrheit herauszubekommen, meinte der Kommissar.

Am nächsten Morgen war er dann pünktlich gegen 9 Uhr im Büro des Dr. Bergmüller. Das heißt, eigentlich war er vor dem Büro des Notars, da die Tür noch verschlossen war und man an der Frau, die diese Türe im Auge hatte, nicht ohne ihre Einwilligung vorbei kam. Nicht, dass sie das hätte sagen müssen, nein, man sah es ihr an. Bekleidet mit einem grauen Strickkleid, einer Strickjacke und hohen, schwarzen Stiefeln, sah sie aus wie ein Drill-Sergeant der Bundeswehr. Streng zurückgekämmte tiefrote Haare, hinten zu einem Knoten gebunden, strenges, ungeschminktes Gesicht, blitzende, grüne Augen und ein mächtiges Kinn. Die Arme waren kräftig und konnten sicher auch kräftig zupacken, wenn es sein musste. Der Kommissar wollte es nicht herausfinden.

„Der Herr Doktor erwartet Sie, Herr Kommissar", sagte sie ein wenig harsch, aber dennoch freundlich. Der Kommissar hatte alle ihre Termine durcheinandergebracht, denn er war sich sicher, dass sie für die Terminplanung zuständig war. Es machte ihr sichtbar keine Freude, nun den ganzen Tag alles herum zu schieben.

„Danke, Frau Braun!", sagte der Kommissar und ging Richtung Eichentür, die mit dem Namen des Notars versehen war. Er hatte ihren Namen auf dem Schild gelesen, das schwarz mit weißer Schrift auf dem makellos aufgeräumten Schreibtisch stand. Er dachte immer, es gäbe nur zwei Möglichkeiten, einen solch perfekt ordentlichen Schreibtisch zu haben: erstens, man hatte nichts zu tun, oder zweitens, man hatte genug Leute, die einem die Arbeit abnahmen, wobei man dann wieder auf die erste Variante zurückkam.

„Nehmen Sie Platz, Herr Kommissar", sagte der Notar in sehr jovialem Ton.

„Wie ich höre, wollen Sie etwas über den Fall Thomas Marker wissen. Erst einmal möchte ich mein Beileid aussprechen für den plötzlichen Tod dieses Mannes. Schrecklich, was heute alles passiert, nicht wahr? Aber dafür haben wir ja Gott sei Dank Sie und unsere Polizei. Ich hoffe, Sie werden den Schuldigen bald finden!"

„Das hoffen wir auch, Herr Doktor. Und deswegen bin ich hier. Ich glaube, der Termin bei Ihnen hat etwas mit dem ganzen Fall zu tun."

„Wie ich mich erinnere, war dies ein ganz normaler Termin zur Richtigstellung des Testamentes des Herrn Marker. Wir haben nur Frau Dorothea Schneider, ehemals Dorothea Binder, in den Willen als alleinige Erbin eingetragen. Ich habe Herrn Marker auf die Konsequenzen hingewiesen und das dies verbindlich sei, da er doch einen Sohn hatte, und dann hat er noch mit eintragen lassen, dass Frau Schneider jeden Monat eine bestimmte Summe an Stefan Marker zu zahlen habe, bis an dessen Lebensende. Sollte Frau Schneider vorher ableben, würde das restliche Vermögen an den Sohn des Herrn Marker gehen. Danach in eine Stiftung."

„Binder, sagen Sie. Die Frau hieß vorher Dorothea Binder?"

Der Kommissar wurde aufmerksam, hatte er diesen Namen doch schon einmal gehört. Und dann fiel es ihm ein. Der Mitbewohner in Stefan Markers Haus hieß Binder. Binder und Familie. Er und zwei Katzen.

„Kann ich bitte kurz telefonieren, Herr Doktor?"

Nachdem der Notar zustimmend genickt hatte, rief Kommissar Wengler Armin an und bat ihn, seine Suche auf Dorothea Binder zu erweitern und herauszufinden, ob sie einen Sohn hatte.

„Danke, Herr Notar, fahren Sie bitte fort."

„Das war eigentlich schon alles, Herr Kommissar. Sollten Sie noch Fragen haben, wenden Sie sich bitte vertrauensvoll an Frau Braun."

Damit erhob sich Dr. Bergmüller von seinem Eichenholzschreibtisch, ging um ihn herum und reichte Kommissar Wengler die Hand. Dies war ein unverwechselbares Zeichen dafür, dass die Unterhaltung zu Ende war und er doch bitte gehen möge.

Kommissar Wengler erhob sich, dankte und verließ das Büro. Draußen vor dem Büro zog er seinen Mantel an, den er während der ganzen Zeit unter seinem Arm hatte. Frau Braun machte keine Anstalten, das zu ändern, als er in ihren Bereich eintrat.

Im Gang klingelte sein Handy. Armin war am Apparat und bestätigte, dass Frau Schneider sehr wohl einen Sohn hatte, der mit Namen Gerhard

Binder hieß, nach dem Nachnamen seines Vaters. Auch Frau Schneider hatte ehemals Dorothea Binder geheißen und ihren Namen nach dem Tode ihres Mannes geändert.

„Das weiß ich schon, Armin. Noch zwei Sachen: Finde bitte heraus, wie Herr Binder Senior gestorben ist und was es damit auf sich hatte. Und zweitens, sag dem Andreas Potschenrieder, er soll sofort als erstes den Gerhard Binder abholen und ihn ins Präsidium bringen. Sag ihm, dass er ihn bei sich im Zimmer halten soll, bis wir ihn rufen, und sag ihm auch, dass er nicht mit der vollen Blasmusik in der St.Veith-Straße erscheinen soll, sonst haut uns der noch ab. Also ganz leise, und ohne Gewalt, sonst kommt er nie aus dem Innendienst heraus, das kann ich ihm versprechen. Sag ihm das."

„Mach ich, Herr Kommissar. Und wann sind Sie hier?"

„Schon auf dem Weg."

Kapitel 14

„Der Thomas hat mich gebeten, ihm zu helfen, da er nicht den ganzen Tag, und vor allem auch nicht die Nacht, auf seinen Sohn aufpassen konnte. Und auch nicht wollte. Ich hatte dann die Idee, dass der Gerhard doch dort einziehen könnte, da der zu der Zeit sowieso eine Bleibe brauchte. Die Mieten in München werden ja immer unverschämter und wie Sie ja wissen, waren wir nicht gerade sehr gut gestellt in dieser Zeit. Es hat also jedem geholfen."

Der Kommissar lächelte ein wenig in sich hinein.

„Gegenseitig geholfen, ja, Frau Schneider. Ich sehe nur nicht die Gegenseitigkeit, aber das werden Sie schon wissen."

Frau Schneider sah den Kommissar mit einem Blick an der meinen sollte: Was verstehen Sie denn schon vom Leben? Der Kommissar nahm den Blick wahr, wusste, was er zu bedeuten hatte, reagierte aber nicht darauf. Irgendwie tat es ihm auch leid, sie so schroff angefahren zu haben.

„Was passierte also mit den Drogen, die sein Sohn nun irgendwo gestohlen hatte?", fragte der Kommissar, um das Gespräch wieder in die richtige Bahn zu lenken.

„Weiß ich nicht genau, da ich dann nach Kassel musste."

„Ihre Wohnung auflösen, wie ich annehme."

Frau Schneider tat so, als wäre sie erstaunt, was der Kommissar alles wusste. In Wirklichkeit war es kein

Geheimnis. Schon gar nicht für die Polizei.

„Das auch, ja. Wir wollten ja zusammenziehen, hier in München. Ich wollte auch die Wohnung in der Schlossstraße aufgeben, das war so vereinbart. Das werde ich wohl aber jetzt nicht mehr machen. Wir hatten wirklich vor, ein neues Leben zu beginnen, auch wenn Sie mir das nicht glauben, Herr Kommissar."

Die letzten Worte kamen ein wenig lauter aus dem Mund der Frau Schneider, als sie es wohl gemeint hatte, aber es war gesagt und nicht zurückzunehmen.

Das Telefon klingelte, Armin nahm ab und sagte nur: „Danke, ist in Ordnung." Dann schrieb er etwas auf einen Zettel und gab diesen dem Kommissar. Der las, was geschrieben war, und warf den Zettel in den Papierkorb.

„Gut, Frau Schneider, Sie können dann jetzt gehen. Wenn wir Sie noch brauchen, wissen wir ja, wo wir Sie erreichen können. Ich nehme an, Sie werden in der Wohnung von Herrn Marker sein. Verlassen Sie vorläufig München nicht, sollten Sie das machen, sehen wir das als Eingeständnis Ihrer Schuld an, also überlegen Sie sich das gut. Wir werden Sie finden, wenn wir müssen. Sie würden uns nur das Leben ein bisschen schwerer machen, das ist alles."

Damit stand Frau Schneider auf, richtete sich ihre Kleidung und verließ langsamen Schrittes den Raum. An der Tür angekommen drehte sie sich noch einmal um und wandte sich an den Kommissar.

„Herr Kommissar, es mag an Ihrem Beruf liegen, aber es gibt wirklich noch Menschen auf dieser Welt, die nichts Böses im Sinn haben, sondern nur ganz einfach sich das Leben, das sie haben, so schön wie möglich gestalten möchten. Nicht jeder bringt deswegen jemanden um, und schon gar nicht jemanden, den man liebt."

„Ganz im Gegenteil, Frau Schneider! Die meisten Morde werden aus Liebe begangen, danach erst kommen Rache und Habgier. Sie sehen, dass die Liebe keine Garantie ist für ein schönes Leben, so wie es keine Garantie ist, nicht zu sterben, bloß weil man liebt."

Damit verließ Frau Schneider den Raum und Armin wandte sich Kommissar Wengler zu und sah ihn an, wie er ihr nachblickte. Vielleicht hat sie recht, dachte sich der Kommissar, vielleicht sehe ich wirklich nur noch das Böse in den Menschen und zu wenig das Gute.

Kapitel 15

Der Hauptwachtmeister Andreas Potschenrieder brachte Gerhard Binder ins Büro des Kommissars. Der Anruf, den Armin kurz vorher angenommen hatte, war von Andreas gekommen, der ihm mitteilte, dass er nun mit Herrn Binder auf den Befehl warte, ihn nach oben zu bringen.

„Setzen Sie sich, Herr Binder", sagte der Kommissar in einem nicht sehr freundlichem Ton.

„Und du, Andreas, kannst dann wieder gehen. Was war eigentlich das letzte Mal?"

„Ach, Herr Kommissar, ein Missverständnis, wie immer. Ich wollte dem doch nur klar machen, dass man nicht seine Frau schlägt, und dann ist der total ausgerastet und dann hab ich mich wehren müssen, wissen's schon, Herr Kommissar. Aber heute darf man ja auch niemandem mehr anfassen, die fangen ja gleich zum Weinen an und das die Polizei so brutal sei und so. Aber sonst den großen Maxe machen und so, nur wenn ich dann einmal a bisserl härter zupack', sind's alle ganz verdutzt und wissen nicht mehr was tun."

„Schon gut, Andreas, dann machen's halt mal wieder ein bisserl Pause hier im Kommissariat. Wir rufen Sie, wenn wir Sie brauchen."

Damit drehte sich Andreas Potschenrieder um und verließ das Zimmer.

Gerhard Binder saß im Stuhl und hörte der Konversation interessiert zu. Man bekommt nicht jeden Tag einen persönlichen Eindruck von der Polizeiarbeit, also war das in gewissem Maße interessant für ihn.

Gerhard Binder war Mitte zwanzig, hatte einen kahl geschorenen Kopf, tief liegende Augen mit schwarzen Rändern, ein pickeliges Gesicht und sah nicht gerade so aus, als wäre er sehr begeistert, hier zu sitzen. Seine ganze Erscheinung hatte irgendetwas von Flucht, von ‚Wann bin ich hier endlich raus?', von Abscheu gegenüber dem, was passieren sollte. Er war ganz einfach, so sah es aus, mit sich und dem, was mit ihm vor sich ging, unzufrieden, oder besser gesagt: genervt. Sein lässiger Ausdruck, die leicht arrogante Art, mit der er den Kommissar musterte, ließen keinen Zweifel darüber entstehen, was er dachte. Seine Kleidung bestand aus einer Jeans, einem grauen Pullover und einer Militärjacke, die man auch Parker nannte. Die Schuhe waren dementsprechend gebraucht und nicht geputzt, was dem Kommissar besonders auffiel.

„Herr Binder, wir sagen Ihnen nichts Neues, wenn wir Ihnen auflisten, was wir in Ihrer Akte gefunden haben. Wir sind auch heute nicht hier, um diese Geschichten aufzuwärmen, sondern wollen uns ganz auf die Geschichte mit Manfred Marker und diesen Drogen konzentrieren."

Gerhard Binder schien dem Kommissar zugehört zu haben, machte aber keine Anstalten, darauf zu antworten. Er wartete, was noch kommen würde.

„Also, Herr Binder, dann erzählen Sie doch mal, was da los war!"

Eine rauchige Stimme, die schon einiges an Tortur hatte mitmachen müssen, antwortete.

„Also, als ich da eines Morgens die Treppe runterkomme, liegt da dieses Paket. Ich habe sofort gewusst, dass der Manfred wieder auf Beutezug war, und hab reingeschaut. Was ich gesehen hab, waren vier Blöcke, grün, so groß wie Ziegelsteine. Ich hab sofort gewusst, was das war, und hab mir gedacht: »Scheiße, das ist ein dummes Ding, da kommen wir nicht mehr gesund raus.«"

„Woher wussten Sie denn, dass es Drogen waren, Herr Binder?", fuhr Armin dazwischen.

Ohne auf diese Bemerkung sichtlich zu reagieren, fuhr Gerhard Binder in seinen Ausführungen fort. Er machte keine Anstalten, sich nun mit Armin zu unterhalten, sondern konzentrierte sich nur auf den Kommissar. Mit zwei Leuten gleichzeitig zu kommunizieren, überschritt seine Fähigkeiten.

„Da Sie ja meine Geschichte kennen, Herr Kommissar, können Sie mir glauben, dass ich weiß, was Drogen sind. Ich habe auch eines der Pakete aufgemacht und probiert, und festgestellt, dass es Heroin war, eindeutig. Ich hab dann sofort den Herrn Marker Senior angerufen und ihm gesagt, dass wir ein riesiges Problem haben. Er hat mich dann gefragt, was man denn machen könne, und nach einigem hin und her haben wir beschlossen, dass ich mich umhöre, wem das Zeug gehört, und dann würde ich mich mit einem Plan wieder melden."

Gerhard Binder machte eine Pause.

„Und dann, Herr Binder, weiter?", fragte der

Kommissar.

„Ich kenne da jemanden, aus der Szene, wie man so sagt, aus meiner Zeit, wo ich dieses Zeug noch genommen habe. Jetzt bin ich clean, Herr Kommissar, das müssen Sie mir glauben, ich hab seit Monaten nichts mehr angefasst. Das können Sie auch in meiner Akte nachlesen, ich hab nichts mehr gemacht, schon lange nicht mehr. Aber den hab ich noch gekannt, den Charly, wie man ihn nannte. Er heißt sicher nicht so, aber das spielt in diesem Geschäft auch keine Rolle, jeder weiß, wer Charly ist. Also bin ich zum Südbahnhof, wo man alle trifft, wenn man was braucht, wissen's schon. Der Charly war da beim Kiosk und wir haben geredet. Er wusste bereits, wem das Mistzeug gehörte, da alle in den Kreisen darüber geredet haben, dass jemand für eine Million Stoff geklaut hat. Das kommt nicht jeden Tag vor, Herr Kommissar, nicht in München. Die Leute waren sicher nicht begeistert, denen das gehört hat. Charly meinte, er würde mit denen reden und er könne dann etwas ausmachen, das denen wieder zurückzugeben, und wenn nichts fehle, würden die es vielleicht dabei belassen. Ich hab gesagt: »Gut, rede mit denen, aber sag nicht, von wem du das weißt, nur dass du der Vermittler bist und die alles wiederbekommen, bis auf das letzte Gramm.« Das war am Vormittag. Am Nachmittag hat er mich dann angerufen und mir gesagt, die wären einverstanden und würden ein Auge zudrücken, wenn sie das Zeug zurückbekämen."

„Wissen Sie, wer diese Leute waren oder sind?", fragte Armin.

Wieder reagierte Gerhard Binder nicht auf Armins Einwurf, sondern wandte sich an den Kommissar.

„Ich weiß es nicht und will es auch nicht wissen, und ich hoffe, die wissen auch nichts von mir. Wir haben uns dann, um weiterzuerzählen, getroffen und Charly meinte, man solle einen Platz vereinbaren, an dem die Ware übergeben werden kann, ohne dass es jemand bemerkt. Ich habe ihm gesagt, dass die Ware im Kofferraum von einem Taxi liegen wird, mit der Nummer 5412, und dass ich dem Fahrer sagen werde, dass er das Auto einfach vor die Einfahrt Schlossstraße 7 stellen soll. Das Auto und der Kofferraum werden offen sein, der Fahrer wird aussteigen und weggehen, und dann können die ihr Zeug nehmen und verschwinden. So weiß niemand von dem anderen und in ein paar Minuten ist alles erledigt."

Gerhard Binder brauchte wieder eine kleine Pause. Zuviel denken, war nicht seine Stärke.

„Am späten Nachmittag hab ich dann von Charly gehört, dass die das machen wollten. Ich habe also eine SMS an Herrn Marker geschickt und ihm gesagt, er solle in die Schlossstraße kommen, zu meiner Mutter. Ich wollte nicht, dass er wusste, dass es um die Drogen geht, er sollte nicht auf dumme Gedanken kommen und sehen wollen, wer die abholt. Die Adresse meiner Mutter hab ich genommen, da ich wusste, dass er auf alle Fälle dorthin fahren würde, ohne zu fragen, warum und wieso. Ich dachte mir, bis er oben bei der Wohnung ist und feststellt, dass meine Mutter nicht da ist, dann wieder runter geht zu seinem Auto, ist alles vorbei und niemand hat was gesehen. Das war der Plan."

„Und dabei ist scheinbar etwas schief gelaufen, Herr Binder."

„Ja, Herr Kommissar, scheinbar. Aber ich habe mit Charly genau das vereinbart, da können Sie ihn fragen. Und es tut mir unendlich leid, dass es so ausgegangen ist, aber Sie müssen mir glauben, so war es. Ich wollte nicht, dass so etwas passiert, ganz und gar nicht. Ich wollte, dass jeder aus der Sache rauskommt, ohne Schaden und ohne was kaputt zu machen."

„Das hat ja wohl nicht funktioniert, Herr Binder. Wir werden Ihre Aussage überprüfen und bitten Sie, München in nächster Zeit nicht zu verlassen."

Gerhard Binder sah sich um, war froh, dass es vorbei war und er nicht weiter belästigt wurde. Es war hart genug für ihn, wieder einmal festgestellt zu haben, dass seine Pläne nicht so ausgehen, wie er sich das immer vorstellt. Dieser für ihn raffinierte Plan war nicht der erste, der in die Hose ging. Er hatte schon des Öfteren solche Niederlagen erlitten, konnte sich aber nicht daran gewöhnen.

„Andreas, komm doch bitte hoch und bring Herrn Binder nach draußen!"

Armin hatte es übernommen, Andreas Potschenrieder anzurufen. Der Hauptwachmeister war prompt zur Stelle, als hätte er nur auf diesen Anruf gewartet.

„Auf Wiedersehen, Herr Binder!", sagte der Kommissar. Armin Staller sah ihm nach, als Gerhard Binder ohne Antwort und unter der Begleitung von Andreas Potschenrieder den Raum verließ.

Kapitel 16

„Hallo Schorsch!", sagte der Kommissar am Telefon. Er hatte Georg Zoller angerufen, einen Freund und ehemaligen Mitstreiter im Dienste der Gerechtigkeit. Vor vielen Jahren hatten sich ihre Wege getrennt, Georg Zoller war ins Rauschgiftdezernat gegangen und der Kommissar zur Mordkommission.

Als junge Polizisten hatten sie ein Zimmer geteilt und manchmal nicht nur das Zimmer. Es waren wilde Zeiten gewesen, von denen der Kommissar eigentlich nie sprach, außer es gab einen Anlass dazu oder absolute Notwendigkeit.

„Ja, Herbert, altes Haus! Was treibt dich denn rum, dass du mich amal anrufst?"

Georg Zoller war wirklich erstaunt. Obwohl man im selben Haus arbeitete, nur einige Stockwerke voneinander entfernt, traf man sich sehr selten. Und angerufen wurde noch seltener. Irgendwie gab es kein Bedürfnis von beiden Seiten, das zu ändern. Also ließ man es dabei.

Georg Zoller war immer der besser Aussehende von beiden gewesen und Herbert Wengler hatte manchmal ein Problem damit, vor allem, wenn er ihm eine Freundin vorstellte, die dann kurze Zeit später die Seiten wechselte.

„Mach dir nichts draus", war dann der Standardspruch vom Georg, besonders, wenn die Übergelaufene auf einmal nicht mehr interessant war und einfach so ersetzt wurde.

Nur einmal war es anders herum gewesen. Mit Christa, der Karbolmaus, wie Schorsch sie nannte, aber das war etwas Besonderes. Christa war Krankenschwester und der Herbert Wengler war damals etwas kränklich gewesen, also hatte sie es übernommen, ihn zu pflegen. Dadurch ergaben sich Gelegenheiten, die er nicht verpassen wollte, auch wenn er deswegen immer ein schlechtes Gewissen gehabt hatte. Wegen dem Schorsch, der sie ihm wärmstens empfohlen hatte. Der jedoch konnte nur herzlich lachen, als es herauskam.

„Mach dir nichts draus", hatte er dem Schorsch dann gesagt, als seine Krankheit vorüber war und die Krankenschwester einen anderen Pflegefall angenommen hatte. Dann sind sie beide auf ein paar Bier gegangen und haben beschlossen, die Maus zu vergessen und die Freundschaft nicht wegen so eines kleinen Zwischenfalls aufzugeben. Allerdings hatte das den Kommissar einiges an Bier gekostet, und der Schorsch hatte das, wie er meinte, auch schamlos ausgenutzt.

Jetzt aber rief er ihn an, da er einiges wissen musste.

„Schorsch, habt ihr in den letzten zwei Wochen was davon gehört, dass jemandem Kokain geklaut wurde? So um die zwei Millionen wert?"

„Allerdings, ja! Woher weißt du denn das?"

„Weil vielleicht jemand deswegen umgebracht worden ist."

„Aha, würde mich nicht wundern. Die waren ziemlich sauer und es hat sich sehr schnell herumgesprochen, dass der, der das geschafft hat, nicht mehr lange leben würde. Wann haben sie den denn umgelegt? Hab gar nichts davon mitbekommen."

„Letzten Freitag. Aber ich bin mir noch nicht sicher, ob es wirklich was damit zu tun hat. Eine andere Frage noch: Kennst du einen Charly? Der soll angeblich bekannt sein in der Szene."

„Aber ja, den Charly kennt jeder, ich meine *kannte* jeder. Der hat sich letzten Samstag den goldenen Schuss gesetzt, auf dem Klo am Südbahnhof. Das war sein Revier, dort war der zu Hause. Eigentlich hieß der Karl Joseph Münzer, einer von diesen Münzers, weißt schon, der diese Läden hat in der Fußgängerzone. Du musst wissen, dass die meisten Junkies ihr Zeug immer verdünnen, damit es länger reicht. Aber damit schießen die sich bei einem Schuss auch mehr rein. In diesem Fall war das Zeug nicht verdünnt, und damit hat er sich doppelt so viel rein gedrückt, wie es gut für ihn war. Ob das freiwillig war, wissen wir nicht, aber niemand fragt auch danach. Charly wäre so oder so irgendwann an dem Mistzeug gestorben. Der einzige, der traurig war, war wahrscheinlich sein Dealer, der jetzt einen guten Kunden vermisst. Sein Vater war sicher froh, dass endlich alles vorbei war."

Also stimmte im Prinzip alles, was Gerhard Binder ihm erzählt hatte.

„Wisst ihr denn, wer die waren, denen ihr Zeug geklaut wurde?"

„Herbert, natürlich wussten wir das! Aber

beweisen haben wir es nicht können. Die sind alle so aalglatt, denen kann man nichts nachweisen, außer man findet jemanden, der das Zeug in der Hand hat. Und dann ist es ihm irgendwie auf sonderbare Weise untergeschoben worden. Die haben bessere Anwälte als du und ich jemals gesehen haben, glaub mir das. Ich arbeite an diesem Problem seit vielen Jahren und nur sehr selten können wir jemanden fassen. Wenn du da jemanden festnimmst, ist der zwei Stunden später wieder raus, darauf kannst du Gift nehmen. Bis dann der Prozess beginnt, sind alle, die etwas wissen könnten, auf einmal wie vom Erdboden verschwunden, einfach nicht mehr zu finden und dann geht's aus wie's Hornberger Schießen. Alles nur heißer Dampf und nichts dahinter. Wenn du willst, können wir ja mal zu den Leuten fahren, denen, wie wir glauben, das gestohlen wurde. Dann wirst du verstehen, was ich meine."

„Gute Idee, Schorsch! Können wir das jetzt gleich machen? Ich hol dich ab. Wir treffen uns unten."

Man traf sich im Hof, im Fuhrpark. Armin hatte es übernommen, die beiden Kameraden zu fahren, da keiner von ihnen gewillt war, das selbst zu tun. Auf dem Weg zum Auto sagte Armin dem Kommissar noch, dass die Spurensicherung tatsächlich Kokainspuren im Kofferraum des Taxis gefunden hatte, die Geschichte also bis dahin richtig sein konnte.

Man fuhr die Schwanthalerstraße aufwärts, Richtung Theresienwiese, auf der jedes Jahr das Oktoberfest stattfand. Um diese Jahreszeit war es ruhig dort, nichts erinnerte daran, was das wieder für ein Spektakel gewesen war, wie viel Bier getrunken worden war und wie viele sich gegenseitig die Köpfe eingeschlagen hatten.

Es war immer eine unruhige Zeit, diese Wies'n, wie man sie in München nannte. Früher war es ein Volksfest gewesen, auf dem die Kinder ihren Spaß hatten, die Fahrgeschäfte auszuprobieren, auf die sie sich das ganze Jahr gefreut hatten. Die Eltern sind dann noch auf eine Maß Bier gegangen, vielleicht auch ein halbes Hähnchen oder einen Fisch am Stecken, dann war's das. Man hatte seinen Spaß. „Heute muss man einen Tisch schon ein Jahr im Voraus reservieren und die Zelte sind dann so voll, dass man sich kaum noch umdrehen kann", sagte Armin zu seinen Mitfahrern.

Die Polizei hatte um diese Zeit alle Hände voll zu tun, die Besoffenen auseinanderzuhalten, damit sie sich nicht gegenseitig die Bierkrüge auf den Kopf hauten. Eine wilde Zeit in München, in der die meisten Münchner in Urlaub fuhren. So auch der Kommissar. Er war schon seit Jahren nicht mehr bei diesem Spektakel gewesen.

Nach der Theresienwiese ging es links ab, ins Westend, in die Schwanthalerhöhe. Als das Auto von der Schwanthalerstraße abbog, kam man sich vor wie im Nahen Osten. Die Läden hatten Aufschriften, die man als Deutscher nicht entziffern konnte, die Menschen liefen in weiten Pluderhosen herum, die Frauen bis auf das Gesicht, und manche bis auf die Augen, verhüllt von oben bis unten, eingekleidet in schwarze Säcke.

Früher war dies einmal ein Arbeiterviertel gewesen, das gebaut worden war, um den Menschen in dieser Gegend, in der sich Ende des neunzehnten Jahrhunderts Industrie angesiedelt hatte, die Möglichkeit zum Wohnen zu geben. Zu dieser Zeit war diese Gegend außerhalb Münchens gewesen. In den Siebzigerjahren dann, als die Industriewerke noch weiter nach außerhalb zogen, zogen auch die Menschen mit und gaben die halb zerfallenen Mietshäuser den neuen Zuwanderern preis.

„Meine Tante hat hier mal gewohnt", sagte Georg Zoller, „die hat beim Metzler gearbeitet, im Labor, dem Reifen Metzler. An Weihnachten haben wir dann immer diese Werbegeschenke von ihr bekommen, so kleine hellblaue Gummielefanten und so, war ganz lustig. Sind lange schon weg von hier, meine Tante und ihr Mann. Ich meine, endgültig weg, am Südfriedhof."

Armin musste schmunzeln und sah den Kommissar an, der neben ihm im Auto saß.

„Offiziell sind über die Hälfte hier jetzt Ausländer, wahrscheinlich sogar so ziemlich jeder", sagte Georg Zoller.

Er sagte das nicht in einem netten Ton, man hörte, dass ihm das irgendwie nicht gefiel.

„In letzter Zeit kommen immer mehr Albaner, Kroaten, Mazedonier und so. Seitdem da unten alles offen ist, ich meine, das ehemalige Jugoslawien und so, seitdem kommen die in Busladungen hierher. Und alle kommen erst einmal ins Westend. Alles ist gemischt und keiner weiß mehr genau, was hier abgeht. Ändert sich ja auch jeden Tag."

„Kann man das denn nicht kontrollieren?", fragte Armin, der das erste Mal in dieses Viertel fuhr. Man hatte kein Bedürfnis, sich in Schwierigkeiten zu begeben, wenn es nicht sein musste. Also warum dorthin fahren? Bestimmte Gegenden in München waren für die Einheimischen einfach tabu. Und dieses Viertel hatte sich seinen Ruf nicht durch fröhliche Feste und Verbrüderungen erworben.

„Armin, sei nicht so naiv! Was willst du denn hier kontrollieren, wenn die meisten hier nicht einmal deine Sprache sprechen?", antwortete der Kommissar.

„Und außerdem", warf Georg Zoller ein, „die lösen ihre Probleme sowieso selbst. Selten, dass man als deutscher Polizist hier was zu tun hat. Dadurch entsteht der Eindruck, dass alles in Ordnung sei und man nicht eingreifen müsse. Es gibt keine Statistiken, und wenn, nur gute."

Das mit der Selbstregelung ergab Sinn für Armin. Ein Staat im Staat, mit eigener Gerichtsbarkeit, eigener Polizei — wie immer die aussah – und eigenem Rechtssystem. Wahrscheinlich hatte das mit unserem System nichts gemeinsam. Man lebte hier wie dort, wo man herkam, wie in einem Vakuum, wie unter einer Glocke, im eigenen Land innerhalb eines fremden Landes. Die Tatsache, dass man in einem anderen Land lebte, wurde verdrängt.

Armin fuhr durch die Straßen, die keine Namen mehr hatten. Die Namen, die man ihnen vor Jahren gegeben hatte, als sie gebaut wurden, hatten nur noch symbolischen Charakter. Sie wurden überklebt, abmontiert oder ganz einfach übermalt. Man brauchte keine Adressen, Post kam nicht, und wenn, dann nur handgeliefert aus der Heimat, wenn mal jemand in der Heimat gewesen war und von dort zurückkam. Postboten würden hier ohnedies nichts ausliefern. Das Einwohnermeldeamt war ein Fremdwort, das man nicht verstehen wollte.

Auf beiden Straßenseiten waren nichts als Geschäfte – Gemüse, Obst, Blumen, Unterwäsche, Schuhe, alles auf offenen Ständen vor den Fenstern und nur spärlich bedeckt mit einem dünnen Tuch, damit der Schmutz der Straße den Waren nichts anhaben konnte.

Es war kalt geworden, die Männer standen in kleinen Gruppen herum und unterhielten sich, dick eingepackt in grauen Mänteln und bunten Schals, schwarzen Stiefeln, mit Turbanen oder Hüten auf dem Kopf, meist jedoch nur einem Tuch, das man zweimal um den Kopf gewickelt und dann wiederum in dieses Tuch eingesteckt hatte.

Frauen waren so gut wie nicht zu sehen, und wenn, nur mit Kinderwagen und Plastiktüten. Sie eilten schnell über das Pflaster, als hätten sie ein schlechtes Gewissen, überhaupt auf der Straße zu sein. Wahrscheinlich kamen sie vom Einkaufen. Wie es hier aussah, war das der einzige Sinn und Zweck der Straße. Einkaufen.

„Dort links ist es: Import/Export", sagte Georg Zoller, der diese Gegend wie wohl kein zweiter kannte. Waren doch seine Hauptkunden hier tätig, auch wenn man öffentlich davon nichts wusste und es immer nur als Gerücht abtat. Georg Zoller wusste, dass es mehr als Gerüchte waren, aber er konnte nichts dagegen tun, außer eben immer wieder einmal präsent zu sein. Er dachte, seine Präsenz hielte den Deckel auf dem Dampftopf, wie er immer sagte, wenn man ihn danach fragte, warum er das Ganze nicht einfach aufgäbe. »Wenn ich hier aufgebe«, meinte er, »gebe ich München auf, und das wird nicht passieren, solange ich lebe.«

In den politischen Reden, die man an bestimmten Feiertagen hielt – besonders vor Wahlen – wurden die Leute in dieser Gegend dann als die kommende Generation von Vielfältigkeit dargestellt, man nannte es ‚die bunte Mischung, die man brauchte, um sie den Einheimischen mehr zugänglich zu machen‘. Man musste bunt sein, bunt ist in. Integration ist das Zauberwort der nächsten Generation.

„Sie können hier stehen bleiben, Herr Staller, wir steigen hier aus“, sagte Georg Zoller und zeigte auf die linke Straßenseite, wo eine Lücke zwischen zwei Gemüseständen frei gehalten wurde.

Es waren keine Autos auf den Straßen, und sollte es welche in dieser Gegend geben, waren sie gut versteckt. Man brauchte keine Autos. Wo sollte man damit hin?

‚Admir und Liridon Demic, Import/Export‘, stand über dem großen Schaufenster, in dem man alle möglichen elektronischen und elektrischen Geräte finden konnte. Es gab vom Flachbildschirm über Radios und Staubsauger einfach alles, was man in eine Steckdose einstecken konnte, um es zum Laufen, Glühen, Saugen oder Sprechen zu bringen.

„Hallo Admir!", sagte Franz Dobler, als man in das Geschäft eingetreten war und beim Öffnen der Tür ein leises Summen hörte, was wahrscheinlich irgendeine Funktion hatte, die sich den Dreien verschloss. Sicher wurde jemand im hinteren Bereich darauf aufmerksam gemacht, dass die Eingangstüre geöffnet wurde.

Admir saß auf einem Stuhl, hinter einem Blechschreibtisch, der aus den Fünfzigerjahren hätte stammen können. Sein Schreibtisch war eingekeilt von Schachteln aller Art, Größen und Farben, kaum das er daraus hervor blicken konnte. Irgendwie war der ganze Raum so zugestellt, dass man nur um viele Ecken zum hinteren Teil des Geschäftes gehen konnte. Einsehen war ohnehin unmöglich, man sah gerade mal die ersten Reihen Kartons.

„Herr Zoller, wie gut, Sie zu sehen! Wie geht es Ihnen? Sie sehen gut aus, muss ich sagen."

„Admir, lass das Geschleime, ich weiß, dass du mich nicht gerne siehst. Aber wir haben heute ein paar Fragen an dich. Die hier", und damit zeigte er auf den Kommissar und Armin, „sind zwei Kollegen, die einen Mordfall aufzuklären haben. Die wollen etwas von dir wissen. Ist dein Bruder Liridon hier?"

Man musste nicht lange warten und ein großer, schwarzhaariger Mann, etwa Mitte dreißig, stand auf einmal hinter ihnen. Admir war mittlerweile aufgestanden und sah seinen Bruder fragend an. Sie hatten das schon so oft mitgemacht, dass es ihnen wie ein Spiel vorkam, das man eben mitspielen musste.

Die beiden sahen aus, als wären sie füreinander

geschaffen. Admir war relativ klein, schlank, hatte einen kleinen, gut gepflegten Schnauzer unter der Nase und volle, schwarze Haare, die er mit viel Gel nach hinten gekämmt hatte. Angezogen war er mit dem typischen hellgrauen Polyester-Anzug, den man auf jedem Jahrmarkt für wenig Geld erstehen konnte. Sein Bruder dagegen war genau das Gegenteil. Er war groß, stämmig, hatte Oberarme, die mehr Umfang hatten als viele Oberschenkel, und einen Viertagebart, der ihn nicht besonders gut kleidete. Es machte ihn irgendwie brutal, aber vielleicht war das genau der Eindruck, den er vermitteln sollte.

„Fragen Sie, Herr Kommissar!", sagte Admir in leisem Ton und gepflegtem Deutsch.

„Darf ich Sie Admir nennen?"

„Tun alle hier, also warum nicht auch Sie."

„Sie sprechen gut Deutsch, Admir."

„Ich bin hier aufgewachsen, Herr Kommissar, bin mit meinen Eltern gekommen, da war ich gerade einmal zehn Jahre alt. Mein Bruder ist später gekommen, er spricht nicht so gut."

„Letzten Freitag, wo waren Sie da so gegen fünf Uhr nachmittags?"

„Hier im Laden, Herr Kommissar. Wir sind immer hier im Laden, jeden Tag, von morgens bis abends. Nicht wahr, Liridon?"

„Sicher, immer hier im Laden."

Die Antworten kamen wie einstudiert.

„Vor zwei Wochen wurden Drogen von jemandem entwendet, der nicht sehr glücklich darüber war", sagte Georg Zoller. „Weißt du was davon?"

„Wir haben nichts mit Drogen zu tun, das wissen Sie doch, Herr Zoller. Import/Export ist, was wir machen."

Der Kommissar hatte sich mittlerweile etwas umgesehen und eine Vitrine entdeckt, in der Messer waren. Messer aller Art: Taschenmesser, Stiletts, Macheten, große Messer, kleine Messer, eben alles, was man so auf der Straße scheinbar brauchte. Besonders eines der Messer fiel ihm auf, etwa zwanzig Zentimeter lang, mit einem Griff aus Metall und eingelegtem Emaille. Ein silberfarbener Griff mit orientalischen Ornamenten aus Emaille. Blau, golden, rot und grün waren die Ornamente. Dieses Messer sah genauso aus wie das, das man beim Toten gefunden hatte. Es war identisch mit der Mordwaffe.

„Admir, diese Messer hier, wo kommen die her?"

Admir bahnte sich einen Weg durch die Kisten und stand nun mit dem Kommissar an der Vitrine.

„Diese Messer? Ja, die kommen aus Mazedonien. Schön nicht? Möchten Sie eines mitnehmen, gebe ich Ihnen zum Sonderpreis."

„Packen Sie mir eines ein, ja. Sie bekommen es wieder zurück. Armin, gib ihm eine Quittung dafür."

„Ist irgendetwas mit dem Messer, Herbert?", fragte Georg Zoller.

„Ja, so sieht die Tatwaffe aus."

„Die Tatwaffe?", fragte Admir.

„Diese Messer können Sie hier in fast jedem zweiten Laden kaufen, Herr Kommissar, das ist nichts

Besonderes. Die sind nur in Mode zur Zeit, irgendwie will jeder so ein Messer haben", sagte Admir.

„Weißt du denn, wem die Drogen gehören, wenn nicht euch?", versuchte Georg Zoller, das Gespräch wieder in die andere Richtung zu bringen.

„Ich? Nein, Herr Kommissar. Wir versuchen, hier ein gutes Leben zu haben, und wollen keine Probleme, nicht mit der Polizei und mit niemandem. Wir wissen nichts, nicht Liridon?"

„Nichts, wie mein Bruder schon gesagt."

Das war erst das zweite Mal, dass man etwas aus dem Mund des Bruders zu hören bekam, ansonsten stand er nur in der Nähe, irgendwie sprungbereit, sollte es nötig sein.

Den Kommissar überkam das Gefühl, dass man mit jeder Minute weniger erwünscht sei, und sah Armin mit einem Blick an, der bedeutete, hier wegzuwollen.

„Herbert, wie ich dir gesagt hab, hier kommen wir nicht weiter. Hast noch Fragen?"

„Ja, noch eine Frage. Haben Sie irgendeine Beziehung zu Trudering, eine Wohnung, Haus oder so?"

„Ja, Herr Kommissar, haben wir. Mein Cousin Rezard hat eine Eigentumswohnung in der Blombergstraße. Rezard ist gerade in Albanien und wir renovieren die Wohnung für ihn, alles neu, neues Bad, neue Küche und so weiter. Eine einzige Baustelle. Warum fragen Sie, Herr Kommissar?"

„Nur so. Nein, ich glaube, das war's. Danke, meine

Herren, für die Auskunft!"

„Hier das Messer, Herr Kommissar. Ich schenke es Ihnen, vielleicht haben Sie ein bisschen Freude daran. Es ist echte Handarbeit und wird von den Mazedoniern dazu verwendet, Schafe zu schlachten. Wissen Sie, wir sind stolz auf unsere Traditionen. Und das ist eine davon."

Wie auf ein Kommando gingen alle drei zur Türe und durch diese so schnell es ging zum Auto.

Als man im Auto saß und auf dem Weg zum Kommissariat war, sagte Georg Zoller:

„Siehst du, Herbert? Aus denen bekommst du nichts heraus und wenn du nicht beweisen kannst, dass dieses Messer, ich meine, die Tatwaffe, aus diesem Laden stammt und dass es von einem dieser beiden Männer benutzt wurde, um deinem Opfer den Garaus zu machen, wirst du nur auf Granit beißen. Die halbe Straße wird schwören, dass sie die beiden den ganzen Freitag im Geschäft gesehen haben. Das wollte ich dir mit dieser kleinen Demonstration von Recht und Ordnung in München zeigen. Ich wollte dir zeigen, mit was wir hier fast täglich zu kämpfen haben und dass es nicht so einfach ist, wie ihr euch da oben das vorstellt. Man kann nicht einfach jemanden festnehmen, man braucht Beweise, man braucht Zeugen, man braucht irgendetwas, was dem Staatsanwalt genug ist, einen Haftbefehl auszustellen. Und genau das hab ich in den letzten Jahren nicht geschafft. Und wenn du dann mal einen Haftbefehl hast, sind die plötzlich nicht mehr zu finden."

„Warum machst du das denn, wenn du nie was

erreichst?"

„Weil die dann wissen, dass es uns gibt. Damit sind die nicht so kess und machen, was sie wollen. Damit die dort bleiben, wo sie sind, und sich nicht über die ganze Stadt ausbreiten wie ein Krebsgeschwür. Die arbeiten im Stillen, schaden niemandem oder bringen niemanden um, außer jemand pfuscht denen ins Handwerk, und wenn es jemand aus deren Kreisen ist, dann wissen wir noch nicht einmal davon. Das machen die unter sich aus, ohne uns. Und solange wir hier sind, wissen die, dass sie nicht übermütig werden können, weil wir sie dann haben, wenn sie irgendetwas Dummes machen. Wir schützen die Bürger, die in Ruhe hier leben wollen, und versuchen, diese zweite Welt so für sich zu halten, wie es irgendwie geht."

Armin war mittlerweile wieder auf dem Hof des Fuhrparks angekommen. Man stieg aus, verabschiedete sich und ging seiner Wege. Der Kommissar war nachdenklich geworden, er hatte das Gefühl, ganz nahe an der Lösung des Falles zu sein, aber nicht nahe genug, um zugreifen zu können. Irgendwie wusste er, dass er wahrscheinlich nie nahe genug dran sein würde.

„Armin", sagte er, als man langsam zurück ins Büro ging, „Armin, ich glaube, die Welt, die wir heute gesehen haben, ist nicht die Welt, in der wir verkehren und in der ich verkehren möchte. Die sind in unsere Welt eingedrungen, haben etwas gemacht, was in deren Welt wohl gang und gäbe ist, aber nicht bei uns. Wir werden diesen Fall wohl nicht lösen, habe ich das Gefühl."

Beide waren mittlerweile im Büro angekommen, der Kommissar zog sich aus, setzte sich in seinen Stuhl, schlug sein Notizbuch auf, machte einige Eintragungen und schloss es.

Armin machte sich am Computer zu schaffen.

„Herr Kommissar, ich habe nachgesehen und die Blombergstraße ist um die Ecke von der St.-Veit-Straße, wo das Haus von Manfred Marker steht. Wir wissen also, dass es möglich war für Manfred Marker, das Rauschgift, wenn auch nicht gewollt, zu stehlen, sollte es dort gelagert gewesen sein. Ist das nicht ein Zufall?"

„Ist es nicht, Armin. Es gibt keine Zufälle, es gibt manchmal Begebenheiten, die irgendwie zusammen passen und die wir uns nicht erklären können. Aber im Prinzip gibt es nur Fakten, Dinge, die passiert sind, wenn sie auch verneint werden und für andere nicht zu existieren scheinen. Man renoviert die Wohnung, Armin. Man verwischt alle auch noch so winzigen Spuren, und damit hat die Lagerung von Rauschgift einfach nie stattgefunden. Verstehst du? Man schafft eine Realität, die vorher nicht existiert hat. Wir könnten nie etwas nachweisen, Armin, auch wenn wir wollten."

Armin sah den Kommissar an und wusste, was das bedeutete.

„Herr Kommissar, sollen wir dann nicht noch anderen Spuren nachgehen? Es ist doch nicht sicher, dass die es waren."

Kommissar Wengler dachte nach.

„Armin, jeder, der mit diesen Drogen in

Verbindung kam, ist tot. Wir haben eine Ahnung, können es aber nicht beweisen, wem diese Drogen gehört haben, oder besser: noch gehören. Wir haben auch eine Ahnung, wer hinter all diesen Todesfällen steht, können aber nichts beweisen. Wir haben auch eine Ahnung, wo die Drogen waren, als sie gestohlen wurden, und können auch das nicht beweisen. Das einzige, was wir mit Sicherheit wissen, ist, dass einige Leute, die diesen Stein ins Rollen gebracht haben, heute immer noch frei und gesund herumlaufen."

„Der Gerhard Binder zum Beispiel, der dieses Treffen in der Schlossstraße scheinbar inszeniert hat, bei dem Thomas Marker umgekommen ist – kann man den nicht belangen? Immerhin ist er derjenige gewesen, der die Parteien zusammengebracht hat."

„Wenn alles stimmt, was er uns erzählt hat, wollte er helfen, Armin, den Fall für Thomas Marker zu lösen. Er wollte diese Drogen den Eigentümern zurückgeben, ohne dass jemand zu Schaden kommt. Will man ihm einen Strick daraus drehen, dass alles so schief gelaufen ist?"

„Das heißt, Thomas Marker ist gewalttätig gestorben, und keiner wird dafür zur Rechenschaft gezogen."

„Jedenfalls nicht auf dieser Welt, Armin. Vielleicht in einer anderen. Vielleicht müssen die, die es getan haben, sich eines Tages vor einer anderen Instanz rechtfertigen. Aber damit haben wir dann nichts mehr zu tun. Es wäre nicht das erste Mal, Armin, und es wird nicht das letzte Mal sein."

Es war spät geworden. Der Schnee hatte mittlerweile entschieden, einfach liegen zu bleiben und alles mit einer dünnen Schicht weißen Wunders zu überdecken. Vielleicht war es ein Sinnbild dessen, was dem Kommissar durch den Kopf ging. Vielleicht war es gut, alles einfach mit einer guten Schicht Schnee zuzudecken, damit man es nicht mehr sehe. Das war nicht gut, das wusste er, aber manchmal war man machtlos. Und er musste einsehen, dass er nichts tun konnte. Und das war es, was ihm am meisten zu schaffen machte. Die Machtlosigkeit.

Kapitel 17

Frau Dorothea Schneider zog noch in derselben Woche, in der sie von Kassel kam, in die Wohnung in der Wolframstraße in Perlach ein. Sie verkaufte das Haus in Trudering und besorgte Manfred Marker einen Therapieplatz in einem offenen Heim in der Nähe von Nürnberg. Manfred Marker wurde dort betreut und hatte freien Ausgang, wann immer er wollte. Bezahlt wurde der Aufenthalt von Dorothea Schneider. Sie stellte sicher, dass dieses Heim nicht zu nahe bei München lag. Sie meinte, es wäre besser so, für beide Teile. Auch würde Manfred Marker vielleicht einmal über die ganze Sache hinwegkommen, wenn er eine andere Gegend sehe und sein Umfeld ändere.

Ihr Sohn, Gerhard Binder, zog in die Wohnung in der Schlossstraße. Auch er wurde von seiner Mutter unterstützt. Er hatte herausbekommen, dass sie eine Lebensversicherung ausgezahlt bekommen hatte, und sah deshalb keinen Grund mehr, arbeiten zu gehen. Er konnte sich ganz seiner Kunst widmen.

Beim Ausräumen der oberen Wohnung in Trudering stieß sie in einer Werkzeugkiste auf ein Messer, etwa zwanzig Zentimeter lang, mit einem silberfarbener Metallgriff und eingelegten orientalischen Ornamenten aus Emaille. Blau, golden, rot und grün waren die Ornamente.

Ohne ihren Sohn oder Manfred Marker danach zu fragen, warf sie das Messer in den Föhringer Baggersee, in die Mitte, dort wo er am tiefsten ist. Sie hatte sich dafür sogar ein Boot gemietet, was dem Bootsverleiher allerdings sehr spanisch vorkam, so mitten im Winter auf den See zu fahren. Sie brauche ein wenig Einsamkeit, war ihre Erwiderung auf die Frage, warum gerade jetzt. Sie wolle allein sein, und gab es einen besseren Platz als die Mitte eines Sees?

Der Bootsverleiher verstand es nicht. „Aber wer von uns versteht schon die Frauen?", murmelte er hinter seinem Bart und ging weiter seiner Arbeit nach.

ENDE

Ich möchte mich an dieser Stelle bei zwei Personen bedanken, ohne deren Hilfe dieses Buch nicht zustande gekommen wäre. Da wäre zuallererst meine langjährige Partnerin Marita Stepe, die es stets auf sich nimmt, die erste Fassung meiner Bücher zu lesen, und mit konstruktiver Kritik auf die Handlung Einfluss nimmt. Und dann noch Theresia Riesenhuber, die mit Engelsgeduld meine Fehler ausgemerzt hat.

Sollte Ihnen das Buch gefallen haben, empfehlen Sie es Ihren Freunden.

Und vielen Dank, dass Sie es gelesen haben

Weitere Titel :

Derzeit nur als e-book erhältlich:

Tod am Samstagabend (Kommissar Wengler)

Als e-book und Taschenbuch erhältlich:

Schloss im Süden

Tod am Fenster (Kommissar Wengler)

Das mazedonische Messer (Kommissar Wengler)

Faschingsmord (Kommissar Wengler)

Mord in der Manege (Kommissar Wengler)

Vatertagsblues (Kommissar Wengler)

Nebel über München (Kommissar Wengler)

Florida, Juli 2015